藝　文　叢　刊

文待詔題跋

〔明〕文徵明

浙江人民美術出版社

圖書在版編目（CIP）數據

文待詔題跋 /（明）文徵明著；林玥君點校. -- 杭州：浙江人民美術出版社，2016.10（2024.11重印）
（藝文叢刊）
ISBN 978-7-5340-5133-3

Ⅰ.①文… Ⅱ.①文…②林… Ⅲ.①題跋－作品集－中國－明代 Ⅳ.①I264.8

中國版本圖書館CIP數據核字(2016)第186859號

文待詔題跋
〔明〕文徵明 著　林玥君 點校

責任編輯：霍西勝　譚佳妮
整體設計：傅笛揚
責任校對：張金輝
責任印製：陳柏榮

出版發行　浙江人民美術出版社
(杭州市環城北路177號)
經　　銷　全國各地新華書店
製　　版　浙江時代出版服務有限公司
印　　刷　浙江海虹彩色印務有限公司
版　　次　2016年10月第1版
印　　次　2024年11月第12次印刷
開　　本　787mm×1092mm　1/32
印　　張　4.25
字　　數　67千字
書　　號　ISBN 978-7-5340-5133-3
定　　價　22.00圓

點校説明

文徵明（一四七〇—一五五九），原名壁（或作璧），字徵明。四十二歲起，以字行，更字徵仲。因先世衡山人，故號「衡山居士」，世稱「文衡山」。長州（今江蘇蘇州）人。明代畫家、書法家、文學家。因官至翰林待詔，私謚貞獻先生，故又稱「文待詔」「文貞獻」。爲人謙和而耿介，正德末年以歲貢生薦試吏部，授翰林待詔。他不事權貴，尤不肯爲藩王、中官作畫，任官不久便辭官歸鄉。留有《甫田集》。

文徵明的書畫造詣極爲全面，詩、文、書、畫無一不精，人稱是「四絶」的全才，詩宗白居易、蘇軾，文受業于吴寬，學書于李應禎，學畫于沈周。其與沈周共創「吴派」。在畫史上與沈周、唐寅、仇英合稱「明四家」（或作「吴門四家」）。在詩文上，與祝允明、唐寅、徐禎卿并稱「吴中四才子」。

《文待詔題跋》集合了他對諸多書畫作品的題跋，較爲全面地展示了他對於書畫的理念。崇尚古雅，尊崇傳統和法度，也重視推陳出新，同時非常强調書畫家本身的人格在作品中的體現。本次出版，以《學海類編》本爲底本標點整理。因篇幅所限，底本明顯的訛誤徑改，不再出校。

另外，民國間神州國光社曾印行《文徵明畫史彙稿》兩册，其中收有《題跋》一種，多有溢出《文待詔題跋》者，因删其重複，輯其所無，附於其後。同時考慮到《彙稿》中的《傳略》《年表》《支裔表》等，對於了解文氏生平頗具參考價值，故亦以附録形式收録書中。

目録

文待詔題跋卷上

文待詔題跋卷下

文待詔題跋補輯

附錄

文待詔題跋卷上

跋夏孟暘畫

右《雲山圖》，崑山夏孟暘作。孟暘，名昺，太常卿仲昭兄，能書，作畫師高房山。初未知名。洪武季年，爲永寧縣丞，謫戍雲南。永樂乙未，仲昭以進士簡入中書科習字。一日，上臨試，親閲仲昭書，稱善。仲昭頓首謝，因言臣兄昺亦能書，召試，稱旨，與仲昭同拜中書舍人。時稱大小中書。既而謝事，終于家。其書畫平生不多作，故世惟知太常墨竹，而不知孟暘。予往年見所書《西銘》，頗有楷法。此軸爲王世寶所藏，亦不易得也。

題黄庭不全本

宋諸賢論《黄庭》衆矣，然但辯其非换鵝物，卒未嘗定爲何人書。雖米南宫，亦第云「并無唐人氣格」而已。至黄長睿秘書始以逸少卒於升平五年，後三年爲興寧二年，《黄庭》始出。不應逸少先已書之。意宋、齊人書，然不可考矣。予按陶隱君與梁武啓已有「逸少名蹟，《黄庭》《勸進》」等語。隱君去晋爲近，當時已誤有此目，則書雖非逸少筆，其爲晋、宋間名人書無疑。而趙魏公獨以爲楊、許舊迹，豈别有所見乎？唐石刻數種并佳，傳流近代，轉益失真，無足觀者。此本紙墨刻搨皆近古，中「玄」字并缺末筆，固是宋本。自「還坐陰陽門下」，皆無之，校他刻才得其半。字勢長而瘦勁，涪翁所謂徐浩摹本爲是。都元敬不知何緣得之，以遺從父慶雲令，轉以付某。雖非完物，自可寶也。

跋楊凝式草書

右楊少師《神仙起居法》八行，南宫《書史》《東觀餘論》《宣和書譜》皆不載。余驗有「紹興」小璽及「内殿秘書」諸印，蓋思陵故物。後有米友仁審定跋尾及譯文四行。按紹興内府書畫，并令曹勛、龍大淵等鑒定。其上等真蹟降付米友仁跋，而曹、龍諸人目力苦短，往往剪去前人題識。此帖縫印十餘皆不全，是曾經剪拆者。其源委受，授莫可得而考也。標綾上有曲脚「封」并「閲生」葫蘆印，是常入賈氏。蓋似道枋國，御府珍秘，多歸私家。最後有商左山參政、留中齋丞相跋。留稱「野齋」者，元翰林學士承旨李謙受益，號野齋居士，博雅好古，虞文靖詩所謂「五朝文物至於今」者。又有廣東宣慰使郭昂彥高，亦號野齋，而其出差後。李在世祖時爲應奉文字，正與商、留同時。商又同郡人，此帖必李氏物也。

跋李少卿帖

家君寺丞在太僕時，公爲少卿。某以同寮子弟，得朝夕給事左右，所承緒論爲多。一日，書《魏府君碑》，顧謂某曰：「吾學書四十年，今始有得，然老無益矣。子其及目力壯時爲之。」因極論書之要訣，纍數百言。凡運指、凝思、吮毫、濡墨，與字之起落、轉换、小大、向背、長短、疏密、高下、疾徐，莫不有法。蓋公雖潛心古法，而所自得爲多，當爲國朝第一。其尤妙能三指尖搦筦，虛腕疾書，今人莫能爲也。予雖知之，而心手不逮，蓋數年未始有得。今公已矣，嘗欲萃其言，爲《李公論書録》而未暇也。今日偶閲此帖，不覺感愴疇昔，用記如此。

又

自書學不講，流習成弊，聰達者病于新巧，篤古者泥于規模。公既多閱古帖，又深詣三昧，遂自成家，而古法不亡。嘗一日閱某書，有涉玉局筆意，因大咤曰：「破却工夫，何至隨人脚踵？就令學成王羲之，只是他人書耳。」按張融自謂「不恨己無二王法，但恨二王無己法」，則古人固以規規爲恥矣。此帖爲郎中時書，其轉摺處鋒芒削利，蓋蚤年嘗學《虞恭公碑》如此。後五日又題。

跋東坡楚頌帖真跡

世傳蘇文忠喜墨書，至有「墨豬」之誚。而此實用淡墨，蓋一時草草弄筆，而後世遂寶以爲奇玩。宋、元題識凡九人，而周益公加詳。予往時嘗蓄石本，比在滁，始得觀於太僕少卿李公所。其先藏金陵張氏，李以十四千得之，嘗欲歸閣老宜興公，未果而卒。卒後宜興託家君寺丞致之，凡留予家半歲。蓋宜興公以其鄉故事，致意特勤。石本即公所刻，無毫髮失真，但去曾從龍、莊夏、仇遠三跋，而益以買田、奏狀二帖。題其後云：「文忠嘗愛吾鄉山水之勝，而欲居之。今所存惟斬蛟橋八字而已。」按橋題經崇寧禁錮，沉石水中，今十二字乃天台謝采伯家真跡，紹定間，其子奕修宰義興，攜以入石者，非當時之物也。

題石本汝南帖後

虞永興《汝南公主墓志》起草真跡，先宋時，藏洛陽好事家，後歸張直清，米元章嘗見之。元初，在郭佑之處，後不知所在，亦不知何年入石。按元章云：「予臨《汝南帖》，浙中好事者以爲真，刻石。」今觀此刻字，勢長而肥，頗類米筆。又張氏本「十六日」下有闕文，校之良是，然無旁注小字「赫赫高門」等語及元幾題字。《雲煙過眼録》記郭本有米跋，今亦不存。蓋米喜臨晉唐書，往往逼真，而一時題記，多略不録。况此帖世無別本，必米蹟也。予以《孔子廟碑》易於朱君性甫，都元敬見而稱愛，遂題以歸之。

書東觀餘論後

右《東觀餘論》，宋秘書郎黄伯思長睿撰。長睿，元符庚辰進士，年四十而卒。好古博雅，喜神仙家，所著文集一百卷，然世未見，所見惟《法帖刊誤》及此耳。別有

《博古圖説》十一卷，王楚《宣和博古圖》實基於此。然楚書頗涉牽合，《容齋隨筆》嘗論之。而陳振孫《書録解題》謂《圖説》有牽合處，亦因宣和時有所删改云爾，非盡出於長睿也。今觀此書，亦有瞿父之説，豈亦曾經删改耶？中多書帖跋語，考論頗精。鄭枃著《衍極》，謂其自有劉盛註，而《衍極》多出於元章，而實不然。按《文獻通考》，書凡三卷，今惟上下兩卷。前有刊誤、標目，而文不載，蓋亦一卷也。歲旃蒙單閼十二月廿日，從唐子畏借觀，因題。

跋家藏趙魏公二體千文

右趙魏公《二體千文》，後有跋語，而無名氏。驗印章，爲方公孝孺。永樂初，禁藏其書，故當時人刮去名字，以避禍耳。最後則高公遜志，二公皆題爲葉夷仲所藏。夷仲，臨海人，名見泰，博學善草書。仕國朝，爲刑部主事。凡書或疑其筆弱，予始亦以爲然，而出規入矩，有非餘人所能。舒卷數日，見其波發轉摺皆效智永。因取永石本比觀，了無差别，遂定爲臨永書。按柳文肅稱公蚤年喜臨智永《千文》，與之俱化。入朝後，乃自成家，不區區泥古，而無一毫窘束之意。此帖正少時書也。宋中書謂中年筆，恐未必然。

跋家藏坐位帖

右《坐位》不全帖，元袁文清伯長所藏。自題其後，定爲米海岳臨本。文清好古博識，所見必真，而跋語考訂精當，無容復議。竊猶有未然者。按《書史》謂「少時曾臨，不知所在。後謝景温尹京，見於大豪郭氏，縫有元章戲筆印」云云，則當時所臨實全本。今此本乃是半幅，且無縫印，跋意若臨於安氏分析之後者。然師文元符間尚存，不應子孫先已分析，且謂「以石刻較之，正居其半」。今比石刻才得三之一耳，此皆不可曉者，豈文清别有所據耶，抑米老所臨不止此耶？

題七姬權厝志後

張羽文，宋克書，盧熊篆。

僞周據吴日開賓賢館，以致天下豪傑。故海内文章技能之士，悉粹於吴。其陪臣潘元紹以國戚元勳，位重宰相。雖酗酒嗜殺，而特能禮下文士，故此石出於倉卒之際，而一時文章書字皆極天下之選。羽字來儀，一字輔鳳，潯陽人。元末，避地來吴，入國朝爲太常司丞。其文清雄峭拔，足以配古。克字仲温，長洲人，國朝爲鳳翔府同知，博學任俠。其書稱逼鍾、王。熊字公武，崑山人，國朝爲兗州知州。篆籀之精，獨步一時。方賓賢盛時，三公與楊廉夫、高季迪輩俱號高邁，不爲所屈者，今不免亦爲之俛首執筆，其禮羅之勤，有可知者。昔人謂時衰代替，武人所好，涉於衣冠，觀此有深感焉。

跋送梨思言二帖石本

昔人謂晋、唐真蹟不易得，得見墨本佳者可矣。今雖墨本，亦豈易得哉？此帖米氏所刻，蓋真蹟舊藏其家，即《書史》所載《送梨帖》也。經宣和收購，遂屬禁中。此本猶是未入時刻。前十字大令書，後十二字實右軍書。柳誠懸自太宗書中辨出前帖，而又悮連後帖。元章已曾勘出，不知何故仍刻作一石。豈當時雖已辨正，而前人題字印記，惜不忍便拆邪？至《宣和書譜》直以前帖置右軍書中，而王秋澗《玉堂嘉話》又目爲太宗帖，皆不可曉也。東坡詩跋正爲米氏作者，後人誤裝入蘇氏雜帖中。今聯于此紙墨刻搨，誠出一手。

跋山谷書陰長生詩

右山谷書陰真人詩三章，自題云：「書以與王瀘州之季子。」而不著其名。末云：「紹聖四年四月丙午，禪月樓中書。」按公紹聖元年謫涪州，時王獻可帥瀘，遇之甚厚。獻可，字補之，嘗遣其少子至黔省公。公集中有與其少子王秀才書，云「車馬遠來，將父命以厚逐客」者是已，蓋王嘗遣其季子至黔，此書相見時書，故不及於簡札耳。觀其稱「與」而不云「寄」可見矣。黄㽦作公年譜，嘗援以爲據，而不得詳。予因略疏之。此書初作方寸字，後皆拳許大書，蓋用敗筆草草寫成。瓌偉跌宕，一出顔《東方朔贊》。但字字剪輳成卷，必是大軸，經庸人裝截耳。

題沈石田臨王叔明小景

石田先生風神玄朗，識趣甚高。自其少時作畫已脱去家習，上師古人。有所模臨，輒亂真跡。然所爲率盈尺小景，至四十外始拓爲大幅。粗株大葉，草草而成，雖天真爛發，而規度點染，不復向時精工矣。湯文瑞氏所藏此幅，亦少時筆。完菴諸公題在辛卯歲，距今廿又七年矣。用筆全法王叔明，尤其初年擅場者，秀潤可愛，而一時題識亦皆名人，今皆不可得矣。

題陸宗瀛所藏柯敬仲墨竹

文湖州畫竹，以濃墨爲面，淡墨爲背。東坡謂此法始於湖州。柯奎章此幅頗奇，人多不知其本，蓋全法湖州也。虞文靖云：「丹丘雖師湖州，而坡石過之。」但時世所傳湖州竹絶少，余兩見又皆小幅，無坡石可驗。用書伯生之論，以答宗瀛，聊當評語。敬仲，名九思，號丹丘生，天台人。仕元，文宗時爲奎章閣鑒書博士，頗見寵禮。畫有「訓忠之家」印，蓋文宗題其父墓有「訓忠之碑」，故云。

題趙魏公二帖

右趙魏公與《丈人節幹》《月囱判簿》二帖。節幹即公舅氏管公直夫。月囱不知何人，意亦是管之姻家。當時跋者十有三人。陸友仁謂兵部時書。帖意以除授未定，欲遣二姐歸侍。二姐，管夫人仲姬也。以公至元丙戌入京，除兵部郎中。後二年戊子始以夫人北上，不應先有是語。或是元貞元年，自濟南赴史館時。而公是歲竟歸吴興，此是未歸時所遣，不可知也。二帖行筆秀潤，與他書殊不類，是早年學思陵書如此。其署名猶襲宋人，或謂出《聖教序》者，非也。管公無子，公奉之甚至。及殁，建孝思道院以主其祀，亦厚矣哉！

題沈潤卿所藏閻次平畫

元季崑山顧仲瑛氏，好文重士。家有玉山草堂，多客四方名流。所蓄書畫悉經品題。此畫仲瑛物也，自題其後，目爲閻次平筆。詩之者四人，于立彦成、錢惟善思復、袁華子英、釋良琦元璞。彦成，仲瑛特厚之，爲設行窩於家，彦成至如歸焉。思復，錢塘人，號心白道人。嘗領鄉解，以所賦《羅刹江》有名，稱錢曲江。子英，崑山人，雋敏長於歌詩，楊鐵崖稱爲才子。洪武中，被累卒於京。元璞，吴僧，住浙之龍門寺，有禪學，詩筆尤俊。仲瑛後亦以事徙臨濠卒，書畫散落人間甚衆。此爲吾友沈潤卿所藏，真贋余不能辨；然而諸公題品具在，可愛也。暇日從潤卿借觀，因疏其後而歸之。

題趙松雪千文

永禪師書《千文》八百本，趙魏公所書，當不減此。此卷大德五年爲韓定叟書。

定叟，會稽人，與公厚善，集中《贈定》叟及《留别》詩可考。公以大德三年爲江浙儒學提舉，此當是爲提舉過會稽時書。是歲，公四十有七，正中年書也。跋者四人：韓性字明善，定叟諸姪，道德文學，爲元中世名儒。宇文公諒，字子貞，元統進士，爲史官。張伯雨，茅山隱道士，所謂「句曲外史」也。三公并有盛名。而祖銘亦禪宗大老，所著有《四會語録》。其字石鼎，杭州徑山僧，其云四明者，本奉化人也。

跋沈仲説小簡

仲説，名右，號寓齋，故吴中富家。嘗取妾得范復初女，即具資裝嫁之。其文學行誼皆有足重。而出處之跡，不少概見，而嫁范女之事，亦僅見於《浯溪集》中。相傳與沈仲榮同族，然不可考也。其詩篇書跡流落吴中甚多。此紙與安素高士者，蓋金天瑞伯祥也。仲説書法最精，見者咸争寶愛，况金氏子孫哉？

跋林藻深慰帖

右唐林藻《深慰帖》，元人跋者五：李倜士宏，河東人，官侍讀學士，謚章肅；張仲壽希静，本内臣，帶學士承旨；邵亨貞復孺，睦人，寓華亭；袁華子英，崑山人，國初郡學訓導」，張適子宜，長洲人，終宣課大使。按諸跋謂此帖即《宣和書譜》所載。今驗無「祐陵」印記，惟有「紹興」二小璽，似爲思陵所藏。蓋南渡後，購收先朝書畫。民間藏者，或有内府印記，即拆裂以獻。又當時多屬曹勳、龍大淵鑒定，二人目力苦短，往往剪去前人題語。此帖或民間所獻，或經曹、龍之手，皆未可知也。又有柯九思、陳彦廉名印，柯字敬仲，天台人，官奎章鑒書博士。此帖印記特多，且有「秘笈」字，蓋其所藏也。而仲壽所題，亦云嘗藏之。彦廉，名寶生，泉州富商，元末居太倉，家有春草堂，所蓄書畫極富。袁、張二人嘗主其家。此跋又爲陳氏題者，則此帖經三氏收藏無疑。後歸吴江史明古，而吾師匏菴先生得之，故某數獲觀焉。今疏本末如此，其詳則俟博雅君子。

龍茶録考

蔡端明書，評者謂其行草第一，正書第二。然《宣和書譜》載御府所藏，獨有正書三種，豈不足於行草耶？歐公云：「前人於小楷難工，故傳於世者少而難得。君謨小字新而傳者二。」謂《集古録序》及《龍茶録》也。端明亦云：「古之善書者，必先楷法，漸至行草。某近年粗知其意，而力已不及。」觀此，則其行草雖工，而小楷尤爲難得。當時御府所收僅有三種，而《茶録》在焉。蓋此書尤當時所貴。嘗刻石傳世，數百年來，石本已不易得，况真蹟乎？侍御王君敬止，不知何緣得此。間以示余，蓋希代之珍也。按公以慶曆四年，爲福建轉運，進小龍茶，時年三十有四。後三年爲皇祐三年，入修《起居注》，選進此録。後知福州，失去藏稿。懷安令樊紀購得刊行，當是至和二年，再知福州時。至治平元年，始定正重書，相距皇祐又十餘年。公年五十有三，遂卒。晦菴評蔡書謂「歲有早暮，力有深淺」，公書至是，蓋無遺法矣。元人盧貴純跋云：「歐公最愛公書，而此書晚出，惜不及見。」余按歐公云：「《集古録序》横逸飄發，而《茶録》勁實端嚴。結體雖殊，各極其妙。」則此書必嘗入其品題矣。且後題治平甲辰，即元年重書之歲也。又按劉後村云：「《茶録》凡見數本。」則當時所書宜不止此。此帖南渡後，嘗爲蔡修齋所藏。修齋，永嘉人，名範，字遵甫。幼學尚書之子，仕終吏部侍郎。嘗官閩中，與端明家通譜，因得此帖。不知即御府藏本，或後村所見諸本，今不可考矣。元人題語二十餘，皆記修齋之孫宗文授受收藏之故，而不及書之本末。余因疏其大略如右，其詳則俟博雅君子。

跋趙魏公馬圖

右趙魏公畫馬，元人自張紳而下，詩之者四人：紳字士行，青州人，號雲門山樵，洪武初仕，終浙江布政使；鄭元祐，字明德，遂昌人，以脱骱任左臂，號尚左生；任元季，浙江儒學提舉；錢惟善，字思復，號心白道人，以賦《羅刹江》得名，又稱錢曲江，仕終儒學副提舉；王畦，字季耕，福清人，仕江浙行省宣使。士行所稱季野都司，即季畊之兄，名畛。畛與畦俱參政王都中之子，與張、鄭諸公皆嘗流寓吴中。此圖蓋王氏物也，轉而爲吴人沈孟嘉氏所有，尋又失去。其孫世應購復之，目爲《玩德圖》，而使余題其後。魏公嘗云：「郭祐之贈余詩『世人漫説李龍眠，那知已出曹、韓上』，曹、韓固不敢望，使伯時尚在，當與之抗衡也。」夫魏公自許如此，後人尚敢置喙其間哉？顧世應之所貴，有不專在於馬者，而祝君希哲已詳之。余無可言，姑疏四人本末，俾觀者可考焉。

跋東坡五帖叔黨一帖

右蘇文忠公五帖。首帖與郭君廷評者，無歲月可考。次二帖皆與忠玉提刑。按公同時還往，有王瑜、馬瑊，并字忠玉。集中不載此帖，莫知爲誰。然王嘗爲浙憲。公元祐六年三月，罷守杭州，四月到闕，内一帖以四月四日發，而有「來日渡江，愈遠左右」之語，當是自杭赴召途中與王忠玉者。又次《歙硯帖》，亦元祐四年在杭時書。公嘗云「高麗墨如研土炭」，此又自矜其墨用高麗煤，何耶？最後《食蠔帖》，己卯冬至前二日書。是歲元符二年，公自惠移儋之三年，於是公年五十有四矣。明年移廉，尋復官北歸，以迄於没，距是才兩年耳。風流笑傲，蓋未嘗減也。先是公在惠，與中原故人書，謂：「頗習其風土食物。」而議者亦謂公「飲鹹食腥，凌暴颶霧，恬然自樂」。觀於此帖，豈直寄其譃浪笑傲而已！友人朱子儋藏此五帖，裝爲一册，而附以叔黨三詩，自由里寄至，俾爲評記。公書尚敢評哉？然涪翁謂：「公晚年書挾海上風濤之氣，非餘人所能到。」則《食蠔》固優矣。斜川詩語字畫，妙有家法，昔人謂「能亂真乃翁」，此帖非題名，固莫能辯也。正德庚午正月二十八日。

跋倪元鎮二帖

倪先生人品高軼，風神玄朗。故其翰札，語言奕奕，有晋、宋人風氣。雅慎交游，有所投贈，莫非名流勝士。右二帖，一與慎獨有道，一與寓齋先生。慎獨爲陳植叔方，寓齋爲袁泰仲長，皆吴人。陳之父曰寧極先生，名深，字子微。袁之父曰静春先生，名易，字通甫。二父皆先宋遺老，抱淵宏之才，高不仕之節。故二公淵源之學，皆巋然爲吴中師表。特與倪公相善。倪游吴中，多於二陳氏及周正道家，二陳，其一爲陳惟寅汝秩，其一即慎獨也。慎獨之孫紹先，嘗仕爲王府教授。袁之孫某，嘗仕爲都察院檢校，三十年前猶存。余雅不及識，然聞其人，皆有前輩典刑。今其子孫零廢，理言遺事，往往散落，人皆得而寶之。此則吾友黄郡博應龍所藏，間徵予題，爲疏其略如此。

跋趙松雪四帖

右魏公四帖中，一帖與鮮于太常，有「南來會晤」之語。蓋至元丁亥，爲兵部郎中奉使還家時所發。是歲公年三十有三。常聞故老云：「公早年學思陵書，及入仕後，與鮮于公往還，始專法二王。」此帖殆初學晋人時邪？若與進之三帖，皆率意而作，莫不精妙。雖無歲月，要爲晚年書無疑。且其中有「鄧善之簽浙」之語。鄧公簽浙在延祐間，公時六十餘矣。觀者或疑此書如出兩手，故爲詳疏其事。

跋宋通直郎史守之告身

右通直郎史守之告身一通，宋主管成都玉局史守之所受。守之，鄞人，越國公浩孫，衛王彌遠之姪，仕不甚顯，人鮮知者。而家傳載其事頗詳，謂其志行不苟，嘗心非其叔父彌遠所爲，著《昇聞録》以寓規諫。按守之，禮部侍郎彌大之子。彌大仕乾道、淳熙間，亦不以父越公爲是，是宜守之之不得於彌遠也。又謂其避勢遠嫌，退處月湖，與慈湖諸公講肆爲樂。寧宗書「碧沚」字賜之，今吾吴中藏書家所收古書有「舊學史氏」及「碧沚」印者，多其遺書。信清修好學之士也。但謂淳熙十一年，以祖蔭補官，避叔父忠獻嫌，奉祠主管玉局。忠獻即彌遠也。按彌遠開禧三年丁卯誅韓有功，始自禮部侍郎、資善堂翊善進同知樞密院事。上去淳熙甲辰二十有三年，時彌遠仕猶未顯，不應已有避嫌之舉。且告以宣教郎磨勘轉通直郎，宋制三年一磨勘，通直去宣教，才一資耳。告受於嘉定三年，則請祠當在開禧之末，正彌遠用事之始。彌遠嘉定元年，自同知樞密進知院事，尋兼參知政事。十月，遂與錢象祖同爲左右丞相。十一月，以母喪罷。明年五月，起復爲右丞相。時象祖已先罷，故此告稱左丞相闕，而於右相之上加起復字，蓋至是猶在服中也。守之後以嘉定十七年起倅嘉興，力辭不就，以朝奉大夫致仕。是歲，茂陵崩，彌遠矯制立理宗，益擅柄用事。守之固未休致，豈亦有意耶？守之八世孫大行人立模得此告於族人，裝池成軸，自記顛末，復徵余言。夫守之行誼之高，與夫此告授受所自，諸公論著已詳。獨歲月出處稍異，恐不可傳信。略爲考訂如此。

題吴仲仁春游詩卷後

右詩一卷，律、絶共四十有五篇，辭旨清麗，書法遒美，蓋前元時吴壽民仲仁者，游吴中，與諸文士春游倡和之作。而書筆悉出錢良右翼之。翼之，吴人，號江村民，雅以書學名家，而詩律尤精，有高行。年六十七，卒於至正七年，此至正三年書，時已六十餘矣。真行間出，姿態横生，不少衰竭。吴人徐宗毓氏藏此，使人持以示余。余惟吴中山水深秀，自昔多文人游寓，於時未被兵，故得從容文酒如此。壽民，吴興人，出處本末，不少概見。惟趙文敏嘗敘其詩，所謂「南山樵吟」者，稱仲仁不以家事廢學，故其詩清新華婉，有唐人餘風。然其詩竟亦不傳，非此卷之存，固不能識其妙也。

題歐公二小帖後

歐公嘗云：「學書勿浪書，事有可記者，他日便爲故事。」且謂：「古之人皆能書，惟其人之賢者傳。使顏公書不佳，見之者必寶也。」公此二帖，僅僅數語，而傳之數百年，不與紙墨俱泯。其見寶於人，固有出於故事之上者耶？

題李西臺千文

西臺書，世不多見。此卷《千文》，結體遒媚，行筆醇古，存風骨於肥厚之内。按黄文節公庭堅評西臺書：「肥不剩肉，如美女丰肌，而神氣清秀。」又謂：「其字中有筆，如禪家句中有律。」今觀此書，信不誣也。惟是題名爲隱語，或以爲疑。然宋、元題識數人，皆極稱賞。而所謂「柱史裔孫」者，固寓李姓其間也。此其事雖不可考，要之爲西臺書無疑。其中「殷」「敬」「匡」「恒」字皆有闕筆，蓋翼、宣、藝、真四廟諱也。建中，真宗時人，故所諱止此。然「玄」「朗」字，真廟以之事神，尤所深禁，而不避者，蓋祥符五年始上聖祖尊號，詔天下不得斥犯二字。而此景德二年書，實前五年也。鄒君光懋世寶此卷，余借留齋中數月，因題而歸之。

文待詔題跋卷下

題玉枕蘭亭

《玉枕蘭亭》，相傳褚河南、歐率更縮而入石者。按桑世昌《蘭亭考》，備著傳刻本末，所疏不下百本。而畢少董所藏至三百本，并不言《玉枕》，疑是近世所爲。柳文肅云：「賈魏公家數本，如《玉枕》則是以燈影縮而小之。」豈此刻即始於秋壑耶？又秋壑使其客廖瑩中參校諸本，擇其精者，命婺工王用和刻於悦生堂，經年乃就，特補勇爵酬之，所謂《悦生蘭亭》也。今世亦罕得其本，余僅一見於沈石田家，精妙不減《定武》。此《玉枕》本有秋壑印及右軍像，而刻搨亦精，豈亦出用和之手邪？余嘗收得一本，與此稍異，蓋又别刻也。楊文貞云：「《玉枕蘭亭》有二：一在南京火藥劉家，一在紹興府。」二石今皆不存，不知與此本及余所藏本同異，要皆不易得矣。

跋宋高宗石經殘本

右小字《石經》殘本百葉，約萬有五千言。前後斷缺，無書人名氏。余考之，蓋宋思陵書也。按紹興二年，帝宣示御書《孝經》，繼書《易》《書》《詩》《春秋》《左傳》《論》《孟》及《中庸》《大學》《樂記》《儒行經解》，總數千萬言，刻石太學。後孝宗建閣奉安，名曰「光堯石經之閣」，即此是也。蓋思陵平時極留意字學，尤喜寫經。嘗曰：「寫字當寫經書，不惟學字，又得經書不忘。」此書楷法端重，結搆渾成，正思陵之筆。但所書惟《易》《春秋》《左傳》，又皆不全，視全本百分之一耳。又按元初楊璉真珈發宋諸陵造塔，取故經石爲塔址，爲路官申屠遠所遏而止。然《石經》竟亦散落。國朝宣德初，吴文恪公按浙，命有司追訪，所存無幾矣。此本雖殘缺，要不易得。況紙墨佳好，猶是當時搨本，又可多得哉？唐君伯虎寶藏此帖，余借留齋中累月，因疏其本末，定爲思陵書無疑。正德十二年歲在丁丑夏端陽日跋。

題香山潘氏族譜後

近世氏族不講，譜牒遂廢。非世臣大家，往往不復知所系出。今吴中士夫之家，有譜者無幾。或以世次不遠，遠者又文獻無可徵，遂皆不復著録。嗚呼！文獻無徵，世次不遠，豈非其前人之失乎？及今弗葺，則後之人將益遠而無所傳承。或至宗緒顛錯，少長失次，又誰執其咎邪？潘氏自宋雲卿下至崇禮，八世矣。崇禮又有子若孫，將十世而不已，其世數不可謂不遠。而所與游若倪元鎮，若周伯器，近時若吴文定公，若李太僕應禎，若沈石田先生，皆一時名碩，皆有詩文相贈遺，其文獻又不可謂不著也。崇禮譜録聚集，使數百年文獻灼然可徵，其有功潘氏，不既厚矣乎？所可恨者，元鎮以前非無文獻，雲卿以上非無世次，特以前人失録，無所於考。今之所爲，亦惟使其子孫他日無遺恨云爾。余雅聞崇禮之賢，而吾友蔡九逵又數爲道之。嘗邂逅一見，悃愊愿謹，古所謂孝友力田之士也。他日，使其子鋹以此譜相示，嘆其用心之勤，貽謀之遠，爲題其後而歸之。

題郭忠恕避暑宫圖

畫家宫室最難爲工。謂須拆算無差，乃爲合作。蓋束於繩矩，筆墨不可以逞。稍涉畦畛，便入庸匠。故自唐以前，不聞名家。至五代衛賢，始以此得名，然而未爲極致。獨郭忠恕以俊偉奇特之氣，輔以博文强學之資，游規矩準繩中而不爲所窘，論者以爲古今絶藝。此卷《水殿圖》，千榱萬桷，曲折高下，纖悉不遺，而行筆天放，設色古雅，非忠恕不能也。宣和御府所藏三十四種，有《明皇避暑宫圖》四，此豈其一邪？舊傳此爲《釣鰲圖》。按趙與時《賓退録》載唐人酒令，有《釣鰲圖》一卷，刻木爲鰲魚，沉水中，釣之以行勸罰。此圖有鰲魚之類浮水面，豈避暑時用以行酒邪？其事不可考，而此圖則《避暑宫》無疑矣。忠恕，字恕先，洛陽人。通九經，尤精小學。仕漢爲湘陰令從事，謝去。周世祖召爲周易博士，貶乾州司户，秩滿不仕。宋初，復召爲國子監主簿，後竟尸解，事具《東坡集》。而《畫譜》稱忠恕字國寶，不知何許人，與《坡集》所記不同。要爲怪誕不經之人，然其畫法之妙則不可揜也。中書舍人王君子貞出以相示，遂爲記此。正德十四年己卯七月既望書。

題趙仲光梅花雜詠

趙仲光書，雖不脱文敏家法，而行墨結字微有不同。王子敬云：「外人那得知？」要之不可臆論也。今世傳文敏及仲穆書不少，而仲光書獨不多見，至其詩尤不易得。金陵許彦明藏其詠《梅花雜詠》，多至五十首，可謂富矣。仲光號西齋，晚居吴中，與崑山顧仲瑛交。仲瑛稱其「風流文雅，有王孫風度，而無紈綺故習」。觀於此詩，有可想者。文敏三子：長亮，次即仲穆，仲光其季也。或以爲次子，豈以亮早卒，無所見耶？己卯秋題。

跋唐李懷琳絶交書

右唐胄曹參軍李懷琳所摹《絶交書》，今監察御史安成張公鰲山所藏。雙鈎廓填，筆墨精絶，無毫髮滲漏，蓋唐摹之妙者。按海嶽《書史》及《東觀餘論》并言懷琳好作僞書，世莫能辨。今法帖中《七賢》《衛夫人》等帖，皆出其手。而唐竇氏《述書賦》亦云：「爰有懷琳，厥蹟疏壯。假他人之名字，作自己之形狀。」觀此，則懷琳在當時已推其摹搨之工矣。此書相傳臨嵇康本。而此卷後有「右軍」字，不知何也。《續法帖》雖載此書，亦不言其臨何人。惟張彦遠云「嘗見叔夜自書《絶交書》」云云，故黄長睿以爲「此書唐世尚存，懷琳見而仿之」，且謂「中有古字，非能自作」。愚按此帖字蹟，多類右軍。在前若劉伶、阮籍，字畫雖佳，然皆疏宕縱逸，非若此帖精神沓拖，行間茂密，卓然名家也。且其文與《文選》所載微有不同，尤不可曉。而長睿云：「此書去《七賢》《衛夫人》遠甚。」蓋亦有所疑也。豈右軍嘗書此帖，而懷琳摹之耶？抑懷琳好右軍之蹟，仿而爲之耶？正德庚辰十一月晦跋。

跋吴中三大老詩石刻

右宋吴中三大老詩，皆爲樂圃先生作，信安王涣之書以入石者。三老：元絳字厚之，天聖進士，官翰林學士，參知政事，太子少保，致仕，家郡城之帶城橋。程師孟，字公闢，景祐進士，官集賢殿修撰，京東安撫使，正議大夫，致仕，後授光禄大夫，家郡城南園之側晝錦坊。盧華字仲華，本德清人，慶曆進士乙科，歷官知廣南提點刑獄，光禄卿，致仕，後遷通議大夫，退居吴中。今吾家所居，相傳爲公故址。修有盧提刑橋尚存。涣之，衢州常山人，王介之子，元豐進士，官吏部侍郎，寶文閣學士，知中山府。其兄漢之嘗爲吴郡，故涣之嘗游於吴。樂圃先生朱氏，名長文，字伯原，元祐進士，本州教授，秘書省正字，以疾解任。厚之詩叙稱「同年光禄」者，伯原之父公綽也。樂圃在今雍熙寺之西，已廢爲民居。吾友朱性甫，相傳爲樂圃之後，故此石留其家。性甫没,不知所在。邢君麗文得拓本,裝池成軸。顧其字畫多已刓缺,恐益遠而遂失之,俾余重書一過,并疏其大略如此。

跋宋高宗御製徽宗御集序

右宋高宗御書叙文一首,前有斷簡,後稱臣稱名,蓋御製《徽宗御集序》也。按紹興二十四年九月己巳,宰臣進呈《徽宗皇帝御集》凡百卷,上自序之,權奉安於天章閣。今序文無歲月,豈即當時所上耶?後有龍舒故吏胡理跋,亦無歲月,第云:「書于袁桷清容齋。」蓋元文清公伯長所藏。伯長自跋亦缺其後。按伯長生咸淳二年,宋亡時才十有四歲。胡跋蓋作於易世之後,故不書年,觀其書「龍舒故吏」而不稱臣,可見已。又云「集藏敷文閣」,而史云天章。按杭宋内府實文等十閣,并貯諸帝御集。而敷文實《徽宗集》所在,天章則屬真廟。而史云「權奉安」者,豈當時敷文未成邪?然前此侍臣已有帶敷文學士者,而當時秦熺實爲奉安御集禮儀使。鄭重如此,不應閣尚未成,此皆不可曉也。惟宋多右文之主,自真宗而下,皆有御集,多至數百卷,今皆不傳。而其所以爲世輕重,實不在此。高宗翰墨尤號名家,此文既典雅，而翰札尤精。然胡、袁題識，皆微致不滿之意，誠以帝王之學自有所重也。

題東坡墨蹟

右蘇文忠公與鄉僧治平二大士帖，趙文敏以爲早年真蹟。按公嘉祐元年舉進士，六年辛丑中舉制科，遂爲鳳翔僉判。越四年治平，辛巳召判登聞鼓院，尋丁憂還蜀。至熙寧二年己酉始還朝，監官誥院。四年辛亥出判杭州。此書八月十六日發，中有「非久請郡」之語，當是熙寧中居京師作。蓋公治平中雖嘗居京，然乙巳冬還朝。而老泉以明年丙午四月下世，中間即無八月。又其時資淺，不應爲郡，故定爲熙寧時書，於時公年三十有四矣。公書少學徐季海，姿媚可喜。晚歲出入顏平原、李北海，故特健勁渾融，與此如出二人矣。帖故有二紙，元季爲吴僧聲九皋所藏。九皋嘗住石湖治平寺，以此帖亦有「治平」字，遂留寺中，且刻石以傳，而實非吴中治平也。九皋既没，此帖轉徙他所，而失其一。吾友張秉道，世家石湖之上。謂是山中故實，以厚直購而藏之，畀余疏其大略如此。

跋東坡學士院批答

右蘇文忠公學士院批答五道：賜樞密安燾辭免恩命三，賜户部侍郎趙瞻、門下侍郎孫固各一。按文忠《内制集》載賜燾不允批答凡十有三，此前二首元祐二年六月作，後二首元年七月作。趙瞻者作於三年三月，孫固作於四月。按固以元祐三年四月壬午，守門下侍郎，而燾爲右光禄大夫，依前知樞密院事，瞻爲樞密院直學士，簽書院事。三人同日被命。先是燾以元年閏二月乙卯自同知樞密進知院事，爲言官論列，三月遽罷。至次年六月，竟被初命。此二首，蓋當時之詞也。後人以三人并命，因列於此，而實非也。後乃同知樞密乞退時所答，當在二首之前。不知何故，反列於後。而其詞與集微有不同。瞻所賜乃户部侍郎求外補時所答，而集中别有《賜瞻辭免答書》二首，實與固同日月。而此首當是未受簽書之前，宜其與固前首日月不同也。最後《祈雨道場齋文》亦載《内制集》中。而其文亦微有不同。「仰惟天命」集作「天人之師」，當以集本爲是也。按文忠元祐元年十二月入爲中書舍人，尋遷翰林學士知制誥；至是恰兩年耳。明年三月，遂出知杭州，於是公年五十有四矣。

此卷舊爲寧波袁尚寶家所藏，余往歲嘗見，乃是册子，不知何人聯屬爲卷，遂至顛錯。因李君仁甫出示，疏其略如此。若公文章翰墨之妙，固不待區區論述也。

跋江貫道畫卷

右元季諸人題江貫道畫卷。貫道，名參，南宋人，居霅川。畫師董、巨，畫法之妙，余雖不能識，而諸賢題詠皆清麗可喜。至於字畫，亦皆精謹不苟，視近時大書狂語，動輒滿卷者有間矣。詩凡二十有五篇，其尤知名者十有八人。青丘子爲高啓季迪，長洲人，國初與修《元史》，官翰林編修，終户部侍郎。張適，字子宜，號甘白生，仕終宣課大使。王彝，字常宗，本蜀人，流寓嘉定，與修《元史》，不仕而歸。後與高啓皆死魏觀之禍。徐賁，字幼文，自毘陵徙居吴之齊門，號北郭生，仕終河南布政。周南老，字正道，濂溪之後，居長洲，仕元浙省理問。國初召議太常郊祀禮，發臨安居住。韓宜可，字伯時，越人，仕終陜西參政。杜環，字叔循，廬陵人，隨父居金陵，仕爲贊禮郎，終晋王府録事。有行義，事具宋濂所作小傳。金問，字公素，一字公遡，仕宣德中，爲禮部侍郎。錢紳，字孟書，仕終鄞縣教諭。陳紹先，字宗述，元儒陳叔方之子，仕終王府紀善，年九十餘。張倫字文伯，仕爲太醫院御醫。青城山人爲王璲汝玉，傅仁廟，爲太子贊善，卒贈太子賓客，謚文靖。陳繼，字嗣初，召爲五經博士，終翰林檢討。倪瓚，字元鎮，號雲林子，無錫人。陶際，字彦珩，雲間人。卞同，字孟符。張肯，字繼孟，號夢菴。南郭泯爲許觀瀾伯，與卞、張俱吴人，有高行。已上五人皆不仕，而倪尤。同時别有許觀亦字瀾伯，洪武狀元及第，仕建文時侍中，後守安慶，死靖難時。乃安慶人，與此許觀不同，而皆有文學。不知此詩誰作也。

題張企齋備遺補贊

自古國家未嘗無骨肉之變，而唐太宗之事，出於不得已，然不免後世之議者，《春秋》責備之義也。我朝壬午之際，事出非常，視臨湖之變，尤爲有名。而一時死事之臣，獨視王、魏諸人有光焉。則是我國家元氣之正，與夫作養人材之盛，有非前世所能彷佛萬一也。惟是一朝史事廢缺，統紀不傳，實非細故。文皇晚歲，稍稍悟悔，蓋嘗形諸言矣。而當時無將順之者，遂使一時之事泯没不傳，則於靖難諸臣，不能無責焉。自睿皇以還，國禁漸弛，乃今遂不復諱。故《革除遺事》《備遺録》次第梓行，而一時死事諸臣，遂傳於世，於是有以見忠義之事不可終泯也。有志之士，讀其事而慨其人，低佪慕仰，往往形諸録贊。豈惟以其人哉？亦思所以補史氏之缺也。觀企齋先生張公所補二十九贊，辭義嚴正，氣概凜然，意將追而及之。於是先生年六十，忠義之氣，老而彌堅，足以知其生平之所養矣。某末學晚生，知慕前烈，亦嘗竊識一二。而不能有言者，不敢言也。因讀斯贊，輒書於後，以識余愧。

跋金伯祥瞻雲詩卷

右《瞻雲軒詩文》一卷，元季諸名賢爲金伯祥氏作。伯祥名天瑞，世家長洲之笠澤。富而有文，且篤孝義，所交游皆一時名流，故所得詩文爲多，此其一也。此卷序一，詩共八首。敘爲陳基作。基字敬初，天台人。至正間留吴，仕張氏爲學士院學士，别號韋羌山人，又號夷白子。有《夷白集》行世。詩首篇爲楊維禎，所謂鐵厓先生，本會稽人，晚居浙江。泰寧丁卯進士，元爲江浙儒學提舉，國初嘗徵入，不仕歸，卒。次倪瓚，字元鎮，號雲林子，無錫人。不仕，有高行。又次蘇大年，字昌齡，號西澗，維揚人。避兵吴門，張氏用爲參謀，稱爲蘇學士，而實未嘗仕也。周砥，字履道，號匊溜生。本吴人，寓居無錫，又居宜興，晚居會稽，死於兵。吴毅，富春人，吴復見心之子。父子皆鐵厓門人。李繹，字叔成，錢塘人。與陳義皆嘗仕張氏，不甚顯，故不得其詳。此詩七首，二首爲《瑞竹》詩，亦爲伯祥作者。按《瞻雲》詩，當時賦者蓋不止此。此數篇，特以諸公手筆，故其子孫尤加保惜如此。餘存家集，固可考也。伯祥有弟天佐，仕國朝爲萬安主簿。萬安六傳爲茂仁，名培，賢而有文，所謂保惜此卷者。夫此諸賢，皆以詞翰名家，其手澤傳世，夫人皆知寶之，況其子孫哉？又況賢而有文，能不隕其世如茂仁者哉？

題蘇滄浪詩帖

右宋蘇子美古詩一百五十言，《留别原叔八丈》，蓋王洙原叔也。詩語峻拔，意氣悲壯。歐陽公謂其廢放後，時發憤悶於歌詩，殆此類也。字畫出入顏魯公、徐季海之間，而端勁沉著，得於顏公爲多。當時評者謂爲「花發上林，月滉淮水」，豈其然乎？按子美慶曆四年丙戌十一月坐監進奏院會客事除名，徙蘇州。此詩後題乙酉清明日，則是被放之三閲月也。時原叔以天章閣待講、史館檢討，黜知濠州，正坐子美事。故詩云：「遂令老成人，坐是亦見斥。」時子美年三十有八，原叔五十一，故有「老成」及「八丈」之稱。又有「今來濠州涯」及「明日又告行」等語，當是隨原叔至濠，及是乃别耳。其後子美竟以慶曆八年卒於蘇。凡在蘇四年，宜其遺蹟，流傳吴中爲多。去今數百年，所謂滄浪亭者，雖故址僅存，亦惟荒煙野草而已。至於文章翰墨，不少概見。《宣和書譜》謂「雖斷章片簡，人皆傳播」，豈在當時已不易得邪？此詩雖非蘇事，而實赴蘇時作。少宰徐公子容以爲郡中故實，因重價購得之，俾徵明疏其大略如此。若其志節履行，具正史者，兹不復云。

附録原稿

舜欽作詩，留别原叔八丈閣下：

交道今莫言，難以古義責。錙銖較利害，便有太行隔。余生性闊疏，逢人出胸臆。一旦觸駭機，所向盡戈戟。平生交游面，化爲虎狼額。謗氣懆烈烈，中之若病疫。遂令老成人，坐是亦見斥。既出芸香署，又下金華席。摧辱實難任，官名器非惜。罪始職於予，時情未當隙。今來濠川涯，日夜自羞惕。高風激頹波，相遇過平昔。白玉露肺肝，晴雲見顔色。乃知天壤間，自有道義伯。明日又告行，嗟嗟四海窄。慶曆乙酉清明日書。

題趙松雪書洪範 并圖

右趙文敏公書《尚書》《洪範》，并畫箕子、文王授受之意爲圖。畫既古雅，而小楷精絶，殆無遺恨，但無歲月可考。嘗見公所書《莊子·馬蹄篇》，乃初被召爲兵部郎中時書。其筆法與此正同，疑此亦當時之作。維公以宋之公族仕於維新之朝，議者每以爲恨。然武王伐紂，箕子爲至親，既受其封，而復授之以道，千載之下，不以爲非。然則公獨不得引以自蓋乎？公素精《尚書》，嘗爲之集註。今皆不書而獨書此篇，不可謂無意也。因崦西徐公出示，爲著此語，以備折衷。不知公以爲何如

書馬和之畫卷後

右馬和之畫，相傳爲《清谿點易圖》蓋寫唐人高駢詩意。按《荆州記》：「臨淮有清谿山，山東有泉，泉側有道士舍，所謂清溪道士也。」此圖一羽人趺坐榻中，一人褰裳回顧，若有所指陳。二從者却立，一執卷，一捧古鼎。二鶴，一飛一止。初無所謂

「洞門碧窗」「滴露研硃」之狀。疑自寫他事，而後人目爲清溪耳。若其筆法之妙，則非和之不能。和之，紹興間人，畫師吴道玄，好用掣筆。所畫多經書故事。思陵尤愛其畫，每書毛詩，虚其後，令和之爲圖。此或其遺簡，不可知也。

題張即之書韓文公進學解

右宋張即之書韓文公《進學解》。即之，字温夫，别號樗寮，參政孝伯之子。仕終太子太傅，直秘閣，歷陽縣開國男。其書當時所重。完顔有國時，每重購其蹟。史稱即之「博學有義行」。而袁文清《師友淵源録》亦言：「即之修潔喜校書，經史皆手定善本。語乾道、淳熙事先後，不異史官，書蔽其名。」按《皇宋書録》：「即之，安國之後，甚能傳其家學。」安國，名孝祥，仕終顯謨閣學士，所謂于湖先生，孝伯之兄，即之之伯父也。其書師顔魯公，嘗爲高宗所稱。即之稍變而刻急，遂自名家。然安國僅年三十有八，而即之八十餘，咸淳間猶存。故世知有樗寮書，而于湖書鮮稱之者。此書無歲月可考，而老筆健勁，大類安國所書盧坦《河南尉碑》，豈所謂傳其家學者耶？「周《誥》商《盤》」下缺一字，實徽宗御名。韓文「商」本作「殷」，豈亦以諱避就耶？故浙江參政崑山張公敬之舊藏此册。公卒，無子，圖書散失。從孫比部員外允清以重直購之。允清所謂惓惓於此，豈直字畫之妙而已？後之子孫，尚知所寶哉！

題希哲手稿

右應天倅祝君希哲手稿一軸，詩、賦、雜文共六十三首，皆癸卯、甲辰歲作。於時公年甫二十有四。同時有都君元敬者，與君并以古文名吴中。其年相若，聲名亦略相下上。而祝君尤古邃奇奥，爲時所重。又後數年，某與唐君伯虎，亦追逐其間。文酒倡酬，不間時日。於時年少氣鋭，倜然皆以古人自期。既久困場屋，而憂患乘之，志皆不遂。惟都君稍起進士，仕爲徒官。君與唐雖舉於鄉，亦皆不第。君後雖仕，亦不甚顯。尋皆相繼下世。余視三君，最爲庸劣，而仕亦最後。嗚呼，三君已矣！其風流文雅照映東南至今，猶爲人歆羨。余雖老病幸存，而潦倒無聞，不足爲有無也。此卷雖君少作，而鑄詞發藻，居然玄勝，至於筆翰之妙，亦在晋、宋之間，誠不易得也。嘉靖十五年丙申，上距成化癸卯，五十有四年，而祝君下世已十有一年矣！是歲三月廿二日某題，時年六十有七。

溪山秋霽圖跋

右《溪山秋霽圖》，故鄉先生陳汝言所畫。汝言字惟允，號秋水，本臨江人。父天倪先生明善，得吴草廬之傳，流寓吴中。二子汝秩、汝言，并有文學，汝言尤倜儻，知兵。至正末張士誠既受招安，辟爲太尉參謀，貴寵用事。國初爲濟南幕官，坐事卒。妻金氏守節教其子，繼以文學名於時。仁廟召爲五經博士，終翰林檢討，所謂嗣初先生也。此畫惟允未仕時作。一時題識者二十有三人，皆知名之士。今可考見者二十人：鄭元祐，字明德，遂昌人，寓吴。少脱骱，任左手，號尚左生。元末老儒，嘗仕爲平江路學教諭，終江浙儒學提舉。所著有《僑吴集》《遂昌雜録》。朱德潤，字澤民，宋睢陽五老朱貫之後。博學能文，尤工畫。趙文敏公薦入翰林，終浙東儒學提舉。所著有《存復齋稿》。今尚書玉峰先生五世祖也。倪瓚，字元鎮。元季高士，清真絶俗，所謂雲林先生也。張監，字天民，丹陽人，寓吴中。二子經、緯，皆仕張氏有名。陳植，字叔方，寧極先生子微之子。性孝，有文，亦能書畫。元季不受徵辟，以隱約終。饒介，字介之，番陽人。號華蓋山樵。自翰林應奉出僉江浙廉訪司事。張氏承制，以爲淮南行省參政。工詩，尤以行草擅名。蔣堂，字子中，泰定鄉試舉人。元季不仕，國初爲嘉定州學教授。周砥，字履道，號匊溜生，吴人，寓居無錫。後與馬孝常避兵宜興，有《荆南倡和集》。陳秀民，字庶子，號寄亭，又時稱四明山道士。博學善書。仕張氏，爲學士院學士。秦約，字文仲。其先淮人，後徙崇明。洪武初應召，試《慎獨賦》，拜禮部侍郎，改溧陽教諭，所著有《海樵集》。王蒙，字叔明，號黄鶴山樵，趙文敏外孫，善書畫。洪武中，官泰安知州，坐事卒。陸仁，字友仁，崑山人。張憲，字思廉，號玉笥山人，有《玉笥集》。岳榆，字季堅，宜興人。顧阿瑛，字仲瑛，號玉山樵者，崑山人。有文學，家富好客，時稱豪士。元季，削髮讀佛書，以避張氏，國初徙鳳陽，卒。陳汝秩，字惟寅，即惟允兄。不仕張氏，倪元鎮所謂「外混光塵，中分涇渭」者，蓋獨行之士也。王行，字止仲，博學知兵，洪武中爲郡學訓導。後游京師，坐藍玉黨卒。先是惟允貴顯時，行爲門下客，惟允卒後，其子繼從行學，故其辭稍倨。惟允壻劉政見之，罵曰：「此吾外父食客，那得稱吾友？」以筆抹之。今抹筆隱然猶存。劉政，字用理，建文己卯解元，方正學門人。嘗草《平燕策》。病未及上，聞壬午之變，嘔血死。無子，祭酒劉文恭其嗣子也。俞貞木，本名楨，後以字行，别字有立。石澗先生玉吾之子。元季不仕，國初知樂昌都昌知縣。清苦篤學，敦行古道。建文中，坐事卒。袁華，字子英，崑山人。能詩，尤長於樂府。洪武中，郡學訓導，以子被罪，坐累卒。所著有《耕學稿》。此卷世藏陳氏，今歸吾友江西參議王君直夫，蓋陳氏壻也。其畫嘗爲妄人裂其半。直夫以余嘗見元本，俾爲補之，而題其後，并疏諸人事行如此。

跋李龍眠孝經相

右龍眠居士李伯時所畫《孝經》一十八事，蓋摘其中入相者而圖之。按《畫譜》所載御府伯時畫一百有七，中有《孝經相》。此卷蓋宣和所藏。然無當時印識，而有紹興小璽。豈南渡後，又嘗入秘府耶？伯時喜畫古賢故事，每薄著訓戒，則《孝經相》當非特一本，此殆别本也。伯時之畫，論者謂出於顧、陸、張、吴，集衆善以爲己有；能自立意，不蹈習前人，而陰法其要。其成染精緻，俗工或可學；至於率略簡易處，終不可及也。此昔人定論，余不容贅言。若其文學人品，在東坡、山谷之間。而博學精識，出劉貢父之上。官京師數年，不一迹權貴之門。佳時勝日，載酒出游，坐石臨流，倐然終日。山谷謂其「風流文雅，不減古人，而爲畫所掩」，然而卒亦不能掩也。

文待詔題跋補輯

題　跋

跋鍾元常季直表

右《鍾元常薦山陽太守關内侯季直表》，《宣和書譜》及《米史》《黄論》與他名家品目皆不見記載。惟張士行《法書纂要》嘗一及之，且與《戎路》《力命》《尚書》《宣示》并稱。但《戎路》諸帖咸有石刻傳世，而此帖不傳刻本，殆不可曉。而陸行直、鄭元祐、袁仲長在元世皆博學名能書家，其題語珍重如此，必有所據。先友李公應禎又嘗親爲余言其妙，謂：「雖積筆成塚，不能彷佛其一波拂也。」公書法妙一世，其言如此，余又安事置喙其間哉？但諸公題語皆稱「焦季直」，余驗「焦」字實「侯」字之誤。蓋「侯」字上有「關内」字，實「關内侯」也，至後但稱「直」而不言「季」，蓋季姓直名，關内侯其爵也。若以爲焦姓，則上關内字似無所屬。以爲地名，不應薦人而直舉其郡望，且當時亦無所謂關内郡者，故予定爲「侯」字無疑。而華氏入石，直標爲《薦季直表》云。

跋右軍袁生帖真蹟　嘉靖九年臘月三日

右《袁生》帖，曾入宣和御府，即《書譜》所載者。《淳化閣帖》第九卷亦載此帖。是又曾入太宗秘府，而黄長睿《閣帖考》嘗致疑於此。然閣本較此微有不同，不知當時臨模失真，或《淳化》所收别是一本，皆不可知。而此帖五璽爛然，其後覃紙及内府圖書之印皆宣和裝池故物，而金書標籤又出裕陵御筆，當是真蹟無疑。此帖舊藏吴興嚴震直家。震直，洪武中仕爲工部尚書，家多法書、名畫，後皆散失。吾友沈經時購得之，嘗以示余。今復觀于華中甫氏，中甫嘗以入石矣，顧此真蹟無前人題識，俾余疏其本末如此。

跋蘭亭　嘉靖庚寅八月二日

世傳《蘭亭》刻石惟定武本爲妙。然古今議者不一，故有聚訟之説。桑世昌《蘭亭考》十卷最爲詳博，然不若姜白石所著簡明可誦，謂「真蹟隱，臨本行世；臨本少，石本行世；石本雜，定武本行世」，然但言其自出耳，未嘗及其真贋也。惟《齊東野語》載白石所書《偏傍》，謂「持此可以觀天下之《蘭亭》矣」，所論凡十有五處。余平生閲《蘭亭》不下百本，其合於此者蓋少。今從華中甫觀此，乃五字鑱損本，非但刻搨之工，而紙墨亦異，以白石所論《偏傍》校之，往往相合，誠近時所少也。其後跋者七人，而鄧文肅善之、柯奎章敬仲皆極口稱之。二公書家者流，而柯尤號博雅，其言如此，余又何容贅一辭哉！

題山谷伏波祠詩 嘉靖辛卯腊月三日

右黄文節公書劉賓客《伏波祠詩》，雄偉絶倫，真得折釵屋漏之妙。公嘗自言，紹聖甲戌黄龍山中，忽得草書三昧。又云自喜中年，字書稍進。此詩建中靖國元年五月乙亥荆南沙尾書，於時公年五十有七，正晚年得意書，且題其後云「持到淮南，示余故舊，何如？元祐中黄魯直書也」。按公自評元祐中書云：「往時王定國嘗道余書不工，余未嘗心服。由今日觀之，定國之言誠爲不謬。」蓋用筆不知擒縱，故字中無筆耳。字中有筆，如禪家句中有眼，非深解宗趣，豈易言哉！此書豈所謂字中有筆者耶？公元符三年，自貶所放還。建中靖國元年四月，抵荆南。崇寧元年，始赴太平，凡留荆南十閲月。嘗有解免恩命狀云「到荆州，即苦癰疽發於背脇，毒痛二十餘日，今方消潰」，而此帖云「新病瘍，不可多作勞」，正發奏時也。

跋楷書老子傳

嘉靖戊戌六月十有九日，爲北山煉師補書此傳。于是，余年六十有九矣。歐陽公嘗言：「夏月據案作書，可以消暑忘勞。」然余揮汗執筆，祗覺煩苦爾，豈公自有所樂也？是日午後，微雨稍涼，但苦窗暗，故首尾濃纖不類，不免觀者之誚云。

吉祥庵圖 辛巳二月八日

徵明舍西有吉祥庵，往歲嘗與亡友劉協中訪僧權鶴峰過之，協中賦詩云：「城裏幽棲古寺間，相依半日便思還。汗衣未了奔馳債，便是逢僧怕問山。」徵明和云：「殿堂深寂竹床間，坐戀疏陰忘却還。水竹悠然有遐想，會心何必在深山。」越數年過之，則協中已亡。因讀舊題，追思其韻：「塵蹤俗狀强追間，慚愧空門數往還。不見故人遺跡在，黄梅雨暗郭西山。」時弘治十四年辛酉也。祇今正德庚辰，又二十年矣。菴既燬於火，而權師化去復數年。追感昔游，不覺愴失。因再疊前韻：「當日空門對燕間，傷心今送夕陽還。劫餘誰悟邢和璞，老去徒悲庾子山。」他日偶與協中之子穉孫談及，因寫此詩，并追圖其事，付穉孫藏，爲里中故實云。

山静日長卷 嘉靖己丑仲秋十日

唐子西詩云：「山静似太古，日長如小年。」余家深山之中，每春夏之交，蒼蘚盈堦，落花滿徑，門無剥啄，松影參差，禽聲上下。午睡初足，旋汲山泉，拾松枝，煮苦茗啜之，隨意讀《周易》《國風》《左氏傳》《離騷》《太史公書》及陶杜詩、韓蘇文數篇。從容步山徑，撫松竹，與麛犢共偃息于長林豐草間。坐弄流泉，漱齒濯足。既歸，竹窗下則山妻稚子作筍蕨供麥飯，欣然一飽，弄筆窗間，隨大小作數十字，展所藏法帖、筆蹟、畫卷縱觀之。興到，則吟小詩，或草《玉露》一兩段，再烹苦茗一杯。出步溪邊，邂逅園翁溪友，問桑麻秔稻，量晴校雨，探節數時，相與劇談一餉。歸而倚杖柴門之下，則夕陽在山，紫翠萬狀，變幻頃刻，恍可入目。牛背笛聲，兩兩歸來，而月印前溪矣。味子西此句，可謂妙絶。然此句妙矣，識其妙者蓋少。彼牽黄臂蒼，馳獵於聲利之場者，但見衮衮馬頭塵、匆匆駒隙影耳，烏知此句之妙哉？人能真知此妙，則東坡所謂「無事此静坐，一日是兩日。若活七十年，便是百四十」，所得不已多乎！

*點校者按：此非文氏自作題跋，乃録自宋羅大經《鶴林玉露》卷四。

關山積雪圖　嘉靖壬辰冬月望日

古之高人逸士，往往喜弄筆作山水以自娱。然多寫雪景者，蓋欲假此以寄其歲寒明潔之意耳。若王摩詰之《雪谿圖》、郭忠恕之《雪霽江行》、李成之《萬山飛雪》、李唐之《雪山樓閣》、閻次平之《寒巖積雪》、趙承旨之《袁安卧雪》、黄大癡之《九峰雪霽》、王叔明之《劍閣圖》，皆著名今昔，膾炙人口。余皆幸及見之，每欲效倣，自歉不能下筆。曩於戊子冬，同履吉寓於楞伽僧舍，值飛雪幾尺，四顧千峰失翠，萬木僵仆，乃與履吉索素縑，乘興濡毫爲圖，演作《關山積雪》。一時不能就緒，嗣後攜歸，或作或輟，五易寒暑而成。但用筆拙劣，雖不能追蹤古人之萬一，然寄情明潔之意，當不自減也。因識歲月以歸之。

仿郭河陽關山積雪圖

余嘗觀郭河陽真蹟，峰巒溪壑，蒼潤淋漓，深得唐二李將軍筆法。昔年余在京師，友人持河陽《關山積雪卷》出示，觀之令人灑然而醒，燕市風塵不覺洗盡，距今思之已隔二十餘年矣！追憶此卷，神情欲飛，輒洗筆摹一過，凡越二寒暑始就。自諒伎拙，不敢媲美古人，更不免效顰之意。嗟嗟，僅可得其皮毛，未能得其神骨耳。後日若欲彷彿此圖，則有余之贋本在也。

仿米氏雲山圖并題卷 乙未冬十一月晦

余於畫獨喜二米雲山，平生所見南宫特少，惟敷文之蹟屢屢見之，大要父子無甚相遠。余所喜者，以能脱略畫家意匠，得天然之趣耳。元章品題諸家，謂皆未離筆墨畦逕，晚乃出新意，寫林巒間煙雲霧雨陰晴之變，自謂高出古人。元暉亦云：「漢與六朝作山水者，不復見於世，惟王摩詰古今獨步。既自悟丹青妙處，觀其筆意，但付一笑耳。」且謂「百世之下方有公論」，又嘗自言「遇合作處，渾然天成。薦爲之，不復相似」。其言雖涉夸詡，要亦自有所得也。余暇日漫寫此卷，然人品庸下，行筆拙劣，不能於二公爲役，觀者以畦逕求正，可發笑耳。

仿李營丘寒林圖

武原李子成以余有内子之戚，不遠數百里過慰吳門。因談李營丘寒林之妙，遂爲作此。時雖歲暮，而天氣和煦，意興頗佳。篝燈塗抹，不覺滿紙。比成，漏下四十刻矣。時嘉靖壬寅臘月廿又一日，徵明識，時年七十有三矣。

跋袁安卧雪圖挂幅 壬辰六月二十日

趙松雪爲袁通甫作《卧雪圖》，老屋疏林，意象蕭然，自謂頗盡其能事。而龔子敬題其後，乃以不畫芭蕉爲欠事。余爲袁君與之臨此，遂於墻角著敗蕉，似有生意，又益以崇山峻嶺、蒼松茂林，庶以見孤高拔俗之藴，故不嫌于贅也。

又長卷 壬辰冬十一月十日

嘉靖辛卯冬月雪後，袁君與之過余停雲館，因憶勝國時趙文敏公爲袁静春作《汝南高士圖》，遂仿像爲之。明年，從松江朱氏借觀松雪舊圖，筆力簡遠，意匠高雅，真得古人能事，始覺區區塵冗可媿也。而袁君不以爲劣，裝池成軸，攜來相示，遂抄袁公本傳系之。而老目昏眵，書不成字，蓋欲揜其醜，而卒不能揜也。

仿趙松雪水邨圖 嘉靖癸卯九月

居生士貞以佳紙請余爲横幅小景，適有人以趙魏公《水邨圖》相示，秀潤可愛，因用其筆意寫此。連日賓客紛擾，應酬之餘，時作時輟，更旬乃就。老年遲頓，聊用遣興耳。若以爲不工，則非老人之所計也。

湘君圖

余少時閲趙魏公所畫湘君、湘夫人，行墨設色皆極高古。石田先生命余臨之，余謝不敢。今二十年矣。偶見畫娥皇、女英者，顧作唐妝，雖極精工，而古意略盡。因彷佛趙爲此，而設色則師錢舜舉。惜石翁不存，無從請益也。

仿倪元鎮山水 癸卯十月十又三日

倪元鎮畫本出荆、關，然所作皆咫尺小幅，而思致清遠，無一點塵俗氣。余暇日戲用其墨法，衍爲長卷，所謂學邯鄲而失其故步。

題菊石扇頭

陸薇軒以所藏石翁葵花扇頭示徵明，使題其上。徵明失之，懊恨不能自已，乃作菊石報之。顧徵明烏足以承石翁之乏哉？雖然優孟之爲孫叔敖，人皆知其非也，而楚王信之，在薇軒亦取其抵掌談語而已。

飛雲石圖

正德初，海虞錢氏齋中獲覯此石。上鏤「飛雲」二字，筆法流動。雖愛之，未知所自。會石田先生適至，云此爲倪元鎮所寶，久在清閟閣中。元鎮游吴時，猶攜以自隨。後以贈所知，遂爲錢氏所有。吾鄉毛九疇博雅好古，乃從錢氏購歸，復索余作圖，以便展對云。

題畫詩

吴隱之畫像

貪廉自我非泉致，刺史詩篇萬古新。展卷蕭然袍笏在，世間多少負慚人。

千年遺像識真難，重是高風不可刊。一樣廣州俱刺史，幾人傳入畫圖看。

題太白像

宮袍錯落灑春風，玉雪淋漓殢酒容。殘夜屋梁棲落月，碧天秋水洗芙蓉。麒麟豈是人間物，眉宇今從畫裏逢。一語不酬千載諾，匡廬山下有雲松。

題虢國夫人夜游圖

紫塵拂轡春融融，參差飛鞚驕如龍。錦韉繡帶簇妖麗，絳紗玳燭圍香風。春風交加花屬路，後騎雍容前却顧。中間一騎來逡巡，秀眉玉頰真天人。翠微垂鬟衱稱身，彷彿當年虢與秦。佳人絶代真難得，安得君王不爲惑。豈知尤物禍之階，不獨傾城竟傾國。一時喪亂已足憐，後世方夸好顔色。晴窗展卷漫多情，百年青史自分明。莫言畫史都無意，尺素還堪鑒興廢。

題黄應龍所藏巨然廬山圖

筠陽文學倦官職，十年歸來四壁立。探囊大笑得片紙，不啻瓊球加拾襲。攜來示我俾品評，謂是名僧巨然筆。涣跡漓蹤那辨真，行閒雙印還堪識。古篆依稀贑州字，先宋流傳非一日。要知源委出珍藏，未論誰何定名跡。墨渝紙敝神自存，老筆嶙皴況超逸。岡巒迤邐蒙密樹，浦漵縈紆帶村室。盤盤細路繞山椒，斜引魚梁更東出。途窮山盡得幽居，穹宫傑構臨清渠。仙邪佛邪定何處，髣髴勝境如匡廬。還從文學問何如，大笑謂我言非虛。自言遠游真不俗，曾見廬山真面目。五老之峰披白袍，玉虹萬丈時飛瀑。某丘某壑皆舊游，展卷晴窗眼猶熟。衹今老倦到無由，對此時時作卧游。慚余裹足不出户，聞君此語心悠悠。高懷只尺已千里，眼中殊覺欠扁舟。

松雪花鳥圖

疏篁顫葉風回枯，老枝點玉梅花初。韶華暗度人未識，幽鳥得氣鳴相呼。鳥呼花舞春舒舒，髣髴生意當庭除。青紅歷亂粉墨渝，坐久始覺開珍圖。印文依稀大雅字，知是王孫吮筆餘。王孫玉雪天人如，寫生不數江南徐。高齋日暮松雪暗，野亭何處鷗波虛。百年手跡誰與辨，一笑且看行間書。

題王侍御敬止所藏仲穆馬圖

犖犖才情與世疏，等閒零落傍江湖。不應泛駕終難用，閒看王孫駿馬圖。

題高房山横軸

春雲離離浮紙膚，翠攢百疊山糢糊。山空雲斷得流水，只尺萬里開江湖。依然灌莽帶茅屋，亦復斷渚迷菰蒲。岡巒出没互隱見，明晦陰晴日千變。平生未省識匡廬，玉削芙蓉正當面。宛轉香罏霏紫煙，依稀夢澤分秋練。未遂扁舟夢裏游，酒醒獨展燈前卷。問誰能事奪天工，前元畫史推高公。已應氣概吞北苑，未合胸次饒南宫。南宫已矣北苑死，百年惟有房山耳。秖今遺墨已無多，窗前把卷重摩挲。世間吮筆争么麽，掃滅畦徑奈爾高公何？

方方壺畫

煙沈密樹蒼山暝，波捲長空白鳥迴。細雨斜風蓑笠具，釣船何事却歸來。新波獵獵弄風蒲，雨後雲山半有無。一段勝情誰領略，欲從畫裏唤方壺。

次韻題王山農墨梅

西湖老樹淩風霜，敷英奕奕先群芳。貞姿不作兒女態，烱然冰玉生寒芒。窮寒襲人膚欲裂，幽人自詠孤山雪。至今秀句落人間，暗香浮動黄昏月。却恨無人續高韻，墨痕聊寄江南信。不關素質暗緇塵，剛愛鉛煤點新鬌。恍疑寒影照昏缸，刻畫無鹽誰濫觴。逃禪已遠嗣者寡，彷佛尚寄山農王。山農何處骨已冷，展卷令人雙目醒。何因爲唤玉妃魂，極目晴波湖萬頃。

庚辰除夕西齋獨坐閲壁間王孟端畫竹自題洪武丁丑歲除夜作抵今一百二十四除夕矣感而有作

醉墨淋漓玉兩株，澹痕依約兩行書。不知丁丑人何在，忽把屠蘇歲又除。凉影拂牆燒燭短，清聲入夜聽窗虚。不辭霜鬌蕭疏甚，已有春風繞敝廬。

題沈侗齋修竹士女

開盡閒花草漫坡，青春零落奈愁何。詩人自惜鉛華冷，翻出天寒翠袖歌。

題沈氏所藏石田臨小米大姚江圖

長洲沈氏舊藏小米真跡，成化間有假中官之勢取之，石田爲追摹此圖。

春雲沉空山有無，眼明見此姚江圖。圖窮爛漫得題字，照人百顆驪龍珠。平生雅識敷文書，紹興歲月仍不誣。豈知尤物能媒禍，繭紙蘭亭已非故。石翁信是學行人，能使邯鄲還故步。憶昔憸人賄爲囿，贖財更假狂閹手。千里珍奇歸撿括，故家舊物那容守。沈氏藏兹二百年，一相掣去心茫然。誰言物聚必有散，手澤相關常累歎。未能一笑付忘弓，且喜百年還舊觀。豈余鈍眼錯顔標，抵掌真成孫叔敖。區區不獨形模在，更存風骨驪黄外。一時點筆迴通神，得微小米是前身。從來藝事關人品，敢謂今人非古人。

題石田先生山水卷

細泉涓涓落澗平，蒼煙不斷江洲横。湖亭欲上山滿目，新水浮空春雨晴。江南此景誰貌得，石田先生最神逸。輕風淡日總詩情，疏樹平皋皆畫格。由來畫品屬詩人，何况王維發興新。胸中爛熳富邱壑，信手塗抹皆天真。墨痕慘淡法古意，筆力簡遠無纖塵。古人論畫貴氣骨，先生老筆開嶙峋。近來俗手工模擬，一圖朝出暮百紙。先生不辨亦不嗔，自謂適情聊復爾。豈知中有三昧在，可以意傳非色取。庸工惡札競投售，鳳凰一出山雞靡。山窗展卷見滄洲，恍然坐我澄湖裏。定應奪却造化工，不然剪取吴淞水。只今此畫不可得，潦倒門生已頭白。相城溪上草煙空，落木秋風堪歎息。

次韻題子畏所畫黄茆小景

斜日翻波山倒浸，晚晴幻出西南勝。絶島雙螺樹色浮，遥天一綫鷗飛剩。誰剪吴淞尺紙間，唐君胸有洞庭山。古藤危磴黄茆渚，細草荒宫消夏灣。我生無緣空夢墮，三十年來蟻旋磨。睡起窗前展畫看，恍然垂手磯頭坐。湖山宜雨亦宜晴，春色籠葱秋月明。知君作畫不是畫，分明詩境但無聲。古稱詩畫無彼此，以口傳心還應指。從君欲下一轉語，何人會汲西江水。

題國用汗漫游卷

江湖蹤跡自年年，去住隨緣興浩然。三月鶯花燕市酒，一牀書畫米家船。留連勝事登山屐，狼藉春風買笑錢。回首馬遷今不作，爲君重賦遠游篇。

題　畫

稍稍凉思集，依依炎景流。西風吹木葉，秋色滿蘋州。伊人何所懷，掇棹自夷猶。青山在蓬底，白雲宿船頭。滄波渺然去，仰見天漢浮。飛塵暗岐路，回首正悠悠。

寒流嚙山足，嵌空似凌跨。蒼藤蔽深竇，細路通隙罅。幽人已神馳，意行自閒雅。徘徊出木末，復在絶壁下。大江渺無津，萬頃自天瀉。中有娥眉青，白雲共容冶。何當凌絶頂，涵景有虚榭。

題忙間圖

驅車遵長坂，迴馬絶飛梁。塵頭高十丈，有客行趨蹌。白雲帶松嶠，仰睇鬱以蒼。中有遺世人，下笑流塵黄。黄塵與白雲，曾不隔流水。心情一以殊，相去各萬里。

秋林泉石圖

長松落高蔭，平皋出石罅。脩梁不通塵，幽人寄容暇。散柔摇奇情，儵在疏林下。萬木疊遥岑，晴湖自天瀉。何處得秋多，凌空有虛榭。

爲松厓沈君畫

空崖削蒼鐵，古松垂碧蔭。謖謖萬仞風，落落高人心。未須結茆屋，聊復度鳴琴。

爲陳子復畫扇戲題

長松蔭高原，虛亭寫清泚。重重夕陽山，忽墮清談裏。吾生溪壑心，苦受塵氛累。昔從筆墨間，塗抹聊爾耳。亦知不療飢，性僻殊事此。有如魚吹沫，不自知所以。世人不相諒，調笑呼畫史。紛然各有須，縑素盈案几。轘材真足厭，研吮良自恥。經旬一執筆，累歲不盈紙。交游怪逋慢，往往遭怒訾。豈知書生爲，未可俗工擬。五日畫一石，十日畫一水。雖無王宰能，此例自可倚。陳君乃何人，亦自向庸鄙。一扇五更年，此負真緩矣。吾方懼獲怒，君顧得之喜。一笑題謝君，賢於二三子。

張明遠索畫久而未成歲暮陰寒雪霰將集齋居無聊爲寫山欲雪圖溪并賦短句

歲暮天欲雪，郊原風色饒。山寒增突兀，樹暝入蕭條。野水照茅屋，歸人争斷橋。窗前有新句，欲覓已寥寥。

石湖圖

甲辰八月既望，延望具舟載余泛石湖。是夜，風平水浄，醉飲忘歸，意甚樂也。

愛此陂千頃，扁舟夜未歸。水兼天一色，秋與月争輝。浦斷青山隱，沙明白鷺飛。坐來風滿鬢，不覺露沾衣。

瀟湘八景

濕雲載秋聲，萬籟集篁竹。江湖白髮長，獨擁孤蓬宿。瀟湘夜雨

月出天在水，平湖浄於席。安得謫仙人，來聽君山笛。洞庭秋月

孤帆落日明，青山相映帶。遥遥萬里情，更落青山外。遠浦歸帆

征鴻戀迴渚，欲下還驚飛。葦深繒繳繁，歲晚稻粱微。平沙落雁

鷄聲茅屋午，靄靄墟煙白。市散人亦稀，山空翠猶滴。山市晴嵐

曬網白鷗沙，衝煙青箬笠。欸乃一聲長，江空楚天碧。漁村夕照

日没浮圖昏，遥鐘出煙嶺。應有未眠人，泠然發深省。煙寺晚鐘

密雪灑空江，雲冥天浩浩。寧知風浪高，但道漁簑好。江天暮雪

仿倪迂畫

山寒有古意，木落見清真。不見倪迂叟，誰能繼後塵。

仿吴仲圭山水

青山懸突兀，碧澗自嶙峋。高情吟不就，攜杖聽泉聲。

雲峰石色圖贈擊壤先生

疏樹宿殘雨，斷雲開亂山。幽人住何處，相憶有無間。

題畫

雲開遠島明，木落秋江冷。斜日下漁梁，照見獨行影。
雨過山突兀，秋青樹陸離。閒情誰領略，溪上有茅茨。
雨晴山遠近，秋老樹參差。小橋獨眺處，斜陽總是詩。
北風入空山，古木翠蛟舞。何處鳴天球，寒泉灑飛雨。

金焦落照圖

弘治乙卯，徵明試金陵，渡揚子，戲作《金焦落照圖》。承水部吴西溪先生寄示二詩云：「戲拈秃筆寫金焦，萬里青天見玉標。未用按圖神已往，耳邊似接海門潮。」「閒寫金焦鎮海門，夕陽孤鶩淡江痕。一枝畫筆承傳久，始信先生老可孫。」雅意不敢虚庋，賦長句以復。區區少作，抵今五十又一年矣。遇先生令嗣少溪君，言及，遂爲重書一過。雅意勤重，不能自揜其陋也。嘉靖乙巳閏正月二日。

憶昨浮船下揚子，平翻渺渺波千里。何來雙島挾飛樓，璀璨彤煌截濤起。夕峰倒墮滿江紅，霜樹高浮半空紫。舟人指點落日處，凌亂煙光射金綺。平生快覩無此奇，却恨歸帆北風駛。至今偉蹟在胸中，回首登臨心不已。偶然興落尺紙間，便欲平呑大江水。固知心手不相能，塗抹聊當卧游爾。晴窗舒卷日數回，不敢示人聊自喜。水部先生詩有名，忽寄瑶篇重稱美。漫云家法自湖州，自媿區區何足齒。由來題品係名聲，何况先生是詩史。君不見，當年畫馬曹將軍，附名甫集猶不死。又不見，閻公自謂起文儒，池上俄蒙畫師恥。人生固有幸不幸，拙劣何堪古人擬。江山千載等陳迹，一笑寧須論非是。

贈啟之畫 正德丙子三年

東風吹春著幽谷，宿雨浮煙樹新沐。斜橋曲徑帶流水，白日疏籬蔭濃緑。晴江隔世不隔山，百疊蒼螺隱茆屋。輸却長吟抱膝人，鎮日臨磯弄晴淥。

千巖拔地排青蒼，古松謖謖連重岡。岡迴嶺複得奇絶，瀑流千丈垂銀潢。盤盤細路入雲長，兩涯對起懸飛梁。雲重路僻不知處，應有仙家在深塢。夕陽變滅晚山寒，無限風煙屬倚闌。

采蓮圖

橫塘西頭春水生，荷花落日照人明。花深葉暗不辨人，有時葉底聞歌聲。歌聲宛轉誰家女，自把雙橈擊蘭渚。不愁擊渚濺紅裳，水中驚起雙鴛鴦。

采桑圖

茜裙青袂誰家女，結伴牆東採桑去。採桑日暮怕歸遲，室中箔寒蠶苦饑。只愁牆下桑葉稀，不知牆頭花亂飛。一春辛苦只自知，百年能着幾羅衣。

題西川歸棹圖奉寄見素中丞林公

莆陽中丞千人英，懷忠事君老彌貞。向來聲華四海傾，一言忤志還歸耕。歸來憂世殊未已，况也黑頭方壯齒。天子俄縣西顧憂，尺一到門投袂起。卷甲宵馳萬里輕，竟剪窮兇報明主。捷書朝入劍門關，高情暮在壺公山。豺狼滿道不可往，錦城雖樂何如還。功成身退古所難，角巾東第疇能攀。蜀江溶溶日千里，歸心更比江流駛。玉壘浮雲千萬重，不如先生歸興濃。瞿塘灩澦聲撼空，落日慘淡揺長風。鳥道衡絶悲蠶藂，蛾眉宛轉開芙容。青天一髮付回首，江山與我俱無窮。嗚呼！江山與我俱無窮，先生一櫂岷峨東。

題廬山圖

余爲林師寫丘壑高閒，用謝幼輿事也。而石田丈以廬山高賦之，輒亦賦此。

壯哉廬山天下奇，瀑流千丈江瀰瀰。何人巨筆寫奇秀，歐公昔贈劉君詞。蒐玄抉怪轢萬象，萬古直與山争馳。莆田先生山澤姿，壯節五老同崔嵬。名通仕版偶服吏，癖在泉石終難醫。高堂東絹風披披，令我掃筆爲嶔崎。飛橋細路緣翠壁，偃松絶壑臨蒼坻。已擬先生謝幼輿，故著逸士泉之湄。就中有理未可説，却被石翁加品題。惟翁自有王維筆，謂我解畫歐公詩。由來絶倡不可和，况此粉墨那容追。秖應披霧見突兀，庶此峻拔如吾師。吾師真是劉凝之，我視六一無能爲。凝之不作六一遠，此詩此畫誰當知。

題漁隱圖

江南雨收春柳緑，碧煙斂盡春江曲。十里蒲芽斷渚香，千尺桃花春水足。溪翁鎮日臨清渠，坐弄長竿不爲魚。太平物色不到此，安知不是嚴光徒。春江頭夏雨十尺强，晚波摇日空江涼。游魚瀺灂樂深藪，不謂人間有漁笱。笱得江魚不税官，自食自漁終歲歡。輸租轉賦世途惡，漁家自得江湖樂。夏

漁翁老去頭如雪，短笠輕簑舟一葉。百頃魚蝦足歲租，十隻鸕鷀是家業。横笛朝銜柳外風，浩歌夜弄波心月。不嫌湖上有風波，世路風波今更多。秋

煙沉風緊鳴蕭蓼，江湖歲晚玄冥肅。寒塘日出曉光浮，村甕茅柴酒初熟。網得冰鱗不入城，自漉瓦盆招近局。欸乃一聲煙水長，葦深江静燃湘竹。冬

題畫

溪雲冥冥溪雨急，長空倒垂溪水立。凌亂春潮萬壑摇，低迷暮靄千林濕。余生雅有滄洲適，曾擁孤蓬聽蕭瑟。夢斷紅塵二十年，江湖獨往興依然。偶拈秃筆掃東絹，便覺吴淞落并剪。金君家住雲水鄉，朝煙暮雨對林堂。若爲老去厭真蹟，翻愛狂夫灑狂墨。就中妙解誰應識，萬里雲煙開素壁。

紫璚翠琰開蒼壁，下有蒼松幾千尺。濃陰羃歷森晝寒，虬枝拂空根束石。石連灌莽榛欲絶，路繞松根更斜出。仙源近遠不可窮，却有幽人在山澤。山澤幽人坐倚

松，仰看出没山雲空。眼中溶溶霏暮靄，耳畔謖謖鳴天風。崩崖一綫削積鐵，玉泉百丈飛晴虹。吴中山水清且遠，老我平生素游衍。偶然點筆寫秋巒，恍惚游蹤出東絹。金君有癖與我同，每每神游翰墨中。贈君此幅應有以，咫尺相看論萬里。

題友山草堂圖　辛丑四月廿日

幽人住山今幾年，結廬正在山之前。青山於人互賓主，人與青山相後先。一段幽情輸獨占，玉削芙蓉正當面。百疊浮巒鎖闐遥，半簷疏雨朱簾捲。霧暗林深山欲滴，一笑舉頭青可摘。坐餐秀色神魂清，有時拄笏臨前榮。知君友山似山静，不遣紅塵妨逸興。窗中遠岫列寒屏，天外脩眉落明鏡。

戲　筆　辛亥六月七日

霜柯天矯蒼龍精，霜根蝕雨莓苔青。幽人睡起日亭午，坐看涼影流空庭。心閒無營静於洗，有時清風落書几。試拈禿筆寫雲林，一片秋光生眼底。

題　畫

隔浦群山百疊秋，青煙漠漠望中收。松摇落日黄金碎，江浸長空碧玉流。水閣虛明占勝槩，野情蕭散在滄洲。人間佳境非難覓，自是塵緣不易投。

余爲黄應龍先生作小畫久而未詩黄既自題其端復徵拙作漫賦數語畫作於弘治丙辰詎今正德辛未十有六年矣

尺楮回看十六年，殘丹剥粉故依然。得君品裁知增重，顧我聰明不及前。小艇沿流吟落日，碧山浮玉漲晴煙。詩中真境何容贅，聊續當年未了緣。

仿南宫水墨卷

一雨垂垂春欲徂，弱雲狼藉草粉敷。盆池水滿魚争躍，竹徑泥深鳥亂呼。暝色排檐失昏旦，涼吹入枕夢江湖。山齋十日經過斷，揭得南宫水墨圖。

題石湖圖與陸子静

春盡南湖水拍空，扁舟如坐畫圖中。催詩忽送雲頭雨，吹面時來柳外風。人與青山原有約，興隨流水去無窮。自家不是陶元亮，一笑應慚對遠公。

平生幽興碧雲深，老去閒身縱壑吟。喜共白公修洛社，何如逸少在山陰。夕陽鐘梵煙藏寺，脩竹人家水遶林。滿目溪山琴趣在，底須絃上覓知音。

千巖萬壑圖

「千巖競秀，萬壑争流」，乃余爲子傳而作也。子傳與予相友善，每有所往，必方舟相與。乘閒出此絹，索余圖數筆。興闌則止，如是者凡十有三年，始克告成。因系之以詩。

尺素俄經已數年，秀巖流壑始依然。感君意趣猶如昔，顧我聰明不及前。萬壑潺湲知水競，千巖青翠爲山妍。詩中真境何容盡，聊畢當年未了緣。

丹泉草堂圖爲清甫畫

聞説仙人葛稚川，丹成仙去已千年。白雲渺渺都無蹟，碧竇涓涓尚有泉。秋老山空寒浸月，草香沙暖玉生煙。林堂俯仰成今古，總屬風流顧彦先。

雪汀圖爲雪汀羽士寫

渺渺璚波寄一篷，雪泥蹤跡屬飛鴻。高人曾詠蘆花被，僊子居玉蕊宫。身似雙鳧三島外，夢迷孤鶴大江東。一聲長笛知何處，照徹梅花月滿空。

偶與九逵先生談天平龍門之勝爲寫小景并書近時請教 四月

庚寅廿一日

三月韶華過雨濃，暖蒸花氣自溶溶。菜畦麥隴青黄接，雲岫煙巒紫翠重。一片垂楊春水渡，兩厓啼鳥夕陽松。晚風吹酒籃輿倦，忽聽天平寺裏鐘。

題 畫 嘉靖廿七年七月十日

簷樹扶疏帶亂鴉，蕭齋只似野人家。紙窗獵獵風生竹，玉盎浮浮火宿茶。日色射雲時弄彩，雨絲吹雪不成花。庭中卉物凋零盡，獨有蒼松領歲華。

宛轉横岡帶遠岑，梅花燦燦竹深深。人家盡住蒼雲塢，拄杖時穿玉雪林。風磬聲傳千澗雨，曉山青落半湖陰。剛憐珂里城闉隔，經歲不聞車馬音。

薄雲籠月夜微茫，十里松蘿一逕長。草澗伏流時送響，野梅藏雪暗吹香。寒煙突兀蒼山色，遠火依稀破壁光。十五年前舊游路，重來蹤蹟已都忘。

經年不見九逵一日獨行溪上忽爾懷思輒賦短韻并系小圖奉寄 正德庚辰上巳

郭外青煙柳帶柔，洞庭西去水悠悠。故人不見沙棠楫，燕子齊飛杜若洲。日落晚風吹宿酒，天寒江草喚新愁。佳期寂寞春如許，辜負山花插滿頭。

同履吉游洞庭西山歸而圖之 癸卯十月

萬頃玻璃帶曲隈，眼中圖畫自天開。春風爛熳難忘酒，落日登臨更有臺。百疊蒼螺湖上島，千林香雪崦邊梅。故人何在空流落，縹緲峰頭獨自來。

故里讀書圖 一作「還家志喜圖」。

緑樹成陰逕有苔，園廬無恙客歸來。清朝自是容疏懶，明主何曾棄不才。丘壑豈無投老地，煙霞常護讀書臺。石湖東畔横塘路，多少山花待我開。

春田白社圖

悠然白髮對青山，輕健懸車十載前。時會故人修白社，不忘初業課春田。

老成自是先朝舊，遺愛猶爲遠郡傳。莫爲有才施不盡，只將閒散博長年。

西齋話舊圖

嘉靖甲午臘月四日，訪從龍先生，留宿西齋。時與從龍别久，秉燭話舊，不覺漏下四十刻。賦此寄情，并系小圖于此。

木葉瀟瀟夜有霜，清言款款酒盈觴。碧窗重剪西風燭，白髮還聯舊雨床。秋水不嫌交誼淡，寒更何似故情長。不堪又作明朝别，次第鄰鷄過短牆。

二宜園圖 嘉靖庚寅正月既望

大參正齋先生，與其弟國聲友愛甚篤。家有二宜園，頗極游觀之勝。余爲作圖，并系拙句。

十畝芳園帶野堂，白頭兄弟喜相將。池塘入夢生春草，風雨淹情接夜牀。并集原翎如有戀，交花荆樹正吹香。百年樂事真堪羨，爲賦斯干第一章。

郭西閒泛圖

兩足新蒲長碧芽，野塘十里抱村斜。青春語燕歸游舫，白日流雲漾淺沙。湖上修眉遠山色，風前薄面小桃花。老翁負汲歸何處，深樹雞鳴有隱家。

題畫絶句一百十四首

新霜點筆意蕭蕭，不盡秋光雁影遥。雙島欲浮天拍水，夕陽人在虎山橋。

百丈蒼山倚暮寒，仙源無路欲通難。晚來過雨添飛瀑，只好幽人隔岸看。

天外青山半有無，江流萬里月明孤。夜深偶感曹瞞迹，却被傍人畫作圖。

怱怱歲暮束書還，樽酒淋離悵别間。明日西齋檢行迹，暮雲空見越南山。送錢德夫南還。

原樹蕭疏帶夕曛，塵蹤渺渺一溪分。幽人早晚看花去，應負山中一段雲。

桑麻鷄犬自成村，天遣漁郎得問津。世上神仙知不遠，桃花只待有緣人。《桃源圖》。

密葉嵯參漏夕陽，濺濺寒玉漱迴塘。玄言消盡人間事，一壑松風滿鬢涼。

寂寞平一作寒皋帶淺灘，幽人時共夕陽還。水禽飛去疏一作青煙滅，目一作間送秋光入斷山。

澤國霜清鷹影高，空庭木葉已蕭蕭。夕陽忽送西窗影，一片江南落素綃。

雙幹亭臺碧玉明，翠陰涼沁石牀清。南風吹斷窗閒酒，臥聽蕭蕭暮雨聲。

書卷茶鑪百慮融，夢回午枕竹窗風。忙身見畫剛生媿，安得身閒似畫中。

榮貴忽忽僅目前，静中光景日如年。荆州運甓成何事，不博柴桑一醉眠。題《養逸圖》。

小舟依渡不施橈，正似閒人遠世囂。滿逕緑陰初睡起，坐臨流水看春潮。寫《閒舟圖》，寄葛汝敬。

碧山渺渺隔晴川，古樹垂藤鎖翠煙。野鹿啣花時隱見，石橋無路訪神仙。

秋清山木復蒼蒼，月出波平斷岸長。千古高情蘇子賦，東風誰更説周郎。

矗矗青山帶白雲，石梁鷄犬數家村。江空不遺漁郎到，落盡桃花自揜門。

樓前高柳翠煙迷，樓外香塵逐馬蹄。風揜歌聲春不散，斷腸人在畫橋西。

千山罨畫擁飛樓，山水蒼蒼水漫浮。青鳥亂啼花細落，石梁南畔是瀛洲。

蒼山曲曲水斜斜，茅屋高低帶淺沙。車馬城中塵似海，多應不到野人家。

萬木緣山過雨青，山迴路斷水泠泠。分明記得環滁勝，只欠臨溪着小亭。

曲塘風急水横流，百丈勞牽鬬石尤。自古江湖分逆順，不應回首羨歸舟。
緑樹敷陰翠荇香，方舟十里下迴塘。白鷗飛去青山暮，落日唱歌煙水長。
愁雲滅没無飛鳥，新水微茫有斷津。誰識溪南千疊玉，輸他高閣倚闌人。
細路盤盤轉石根，蒼藤古木帶斜曛。短筇不覺行來遠，回首青山半是雲。
丹楓絶壁照空江，萬里青天住野航。卧展南華秋水讀，不知嵐翠濕衣裳。
石壁巖巖翠倚空，疏松謖謖灑清風。夕陽滿徑看山立，何福修來似畫中。
天風寂歷雨初收，木葉蕭疏滿徑秋。詩在古松巖石畔，支筇欲去每回頭。
江頭春水緑灣灣，江上春山擁翠鬟。老我輸他茅屋底，無愁終日對江山。
山下春江一鏡開，江迴山轉隔蓬萊。舟行彷彿聞雞犬，時有桃花出峽來。
何處風吹款乃歌，煙消日出水曾波。江南無限瀟湘意，獨是漁舟占得多。
木葉驚風丹策策，溪流過雨玉淙淙。晚來添得斜陽好，一片秋光落紙窗。
十月山城霧雨收，江南春淺類清秋。窗前覓得新成句，木葉蕭蕭雜水流。
看山何必待春晴，雨裏看山分外明。持蓋衝煙覓詩去，不知身在畫中行。
長松摇日影亭亭，無限江頭倚杖情。鴻雁欲來天拍水，白雲收盡暮山横。

雙禽棲息一枝安，映雪離離更好看。一種羈情誰識得，暮林風急羽毛單。

過雨空林萬壑奔，夕陽野色小橋分。春山何似秋山好，紅葉青山鎖白雲。

天削芙蓉萬玉攢，十分寒思屬吟鞍。不知擁褐茆簷下，别有幽人冷眼看。

近山千丈抵清漪，遠樹連雲入望迷。有約去登江上閣，風煙都在曲樓西。

平村緑樹一谿分，百疊晴巒鎖白雲。貌得江南煙雨意，錯教人喚米敷文。

潭潭虚閣帶滄灣，閣下溪聲閣外山。六月城居塵滿腹，何時置我畫圖間。

秋色離離到草堂，早看疏葉點秋霜。道人自得蕭閒味，睡起攤書映夕陽。

飛泉百丈晝生寒，古樹蒼苔過雨斑。何似山人多道味，洗心濯足自躋攀。

青山隱隱水漪漪，映樹蘭舟晚更移。一縷茶煙銜宿鷺，無人知是陸天隨。

溪上青松秀色開，溪頭新水緑於苔。偶然濯足臨溪上，矗矗芙蓉倒影來。

越來溪上雨初收，茶磨山前爛熳游。斜日正臨芳草渡，飛花故點木蘭舟。

三月江南欲暮春，緑陰照水玉粼粼。自憐身在奔馳地，空羨茆亭共坐人。

斜橋一作陽曲逕帶流水，疏樹平皋蔭濃緑。輸却長吟抱膝人一作翁，鎮日臨磯一作流弄寒玉。

高樹扶疏弄夕暉，秋光欲上野人衣。尋行覓得空山句，獨繞溪橋看竹歸。

雲樹埋蹤鳥絶飛，空江簑笠弄寒絲。良工妙得竹中趣，故寫愚溪獨釣詩。

山中習静避紅塵，朝夕唯於木石親。昨日渡頭春忽到，東風緑水又粼粼。

萬樹千花盡放春，還峰箇箇玉璘珣。谿南策杖來游者，不是山陰雪後人。

曉山經雨洗青螺，春水連天漾碧波。此景此時誰會得，偏舟行處賞心多。

水繞山迴石路深，幽懷都付膝前琴。春來多謝垂楊柳，分得溪亭半榻陰。

青山隱隱遮書屋，緑樹陰陰覆釣船。好似江南春欲暮，嫩寒微雨落花天。

狼藉春風好事休，淒涼啼鳩景深幽。空山雨過人蹤少，寂寂孤村水自流。

玉虹千丈落潺湲，石壁巖巖擁翠鬟。料得兩翁勞應接，耳中流水眼中山。

小樓終日雨潺潺，坐見城西雨裏山。獨放扁舟湖上去，空濛煙樹有無間。

倪迂筆法類荆關，點染煙巒杳靄間。我亦年來有迂癖，時時閒寫郭西山。

平生最愛雲林子，能寫江南雨後山。我亦雨中聊點染，隔江山色有無間。一作休

承詩。隔江爲疏林。

一重山崦一重溪，猶有人家住水西。行過小橋回首望，焙茶煙起午雞啼。

桐花半落東風軟，山雨全收白晝長。寂寂溪亭人不到，鴨頭春漲緑波香。

亭下林陰掃不開，庭前山色翠成堆。日長自有讀書趣，何用紛紛車馬來。

高樹陰陰翠蓋長，雨餘新水漲迴塘。何人得似山中叟，對語溪頭五月涼。嘉靖庚子仲。夏望日寫於玉蘭堂。

城居六月馬蹄忙，日射流塵四散黄。誰似谿山開草閣，四簷風雨一窗涼。

松陰寂寂清於水，草色茸茸軟似茵一作煙。六月城居如坐甑，水邊輸與納涼人一作天。

陰陰灌木壓虛簷，六月林亭意爽然。百疊煙霞開絶壑，一窗風雨聽飛泉。

陰陰夏木水平溪，黄鳥飛來不住啼。南畝已耕心緒静，看山斜倚曲闌西。

積雨初收消夏灣，緑蘿吹雪覆潺湲。何當湖上垂雙足，俯看清流仰看山。

高林雨過白煙生，風動疏陰漏日明。午困欲眠書在手，紫薇花底拂桃笙。

潭潭虛閣帶灣碕，山木蒼蒼結夏幃。最是晚涼詩思就，滿窗晴瀑雨飛飛。

長林結暝晝生寒，坐愛虛亭帶淺灘。吟到夕陽詩未就，碧雲千疊上欄杆。

雨晴飛瀑寫潺湲，地拔蒼松生晝寒。詩思攪人眠不得，起臨虛閣弄漁竿。

草堂斜覆松陰底，窗外青山雲外水。扁舟何處未歸來，無數沙鷗落前渚。

草堂無用設籬門，賸有清陰隔世塵。一路溪山歸路永，斜陽照見獨行人。

雲罨遥空露碧巔，涼聲風激半空泉。憶曾倚醉包山下，萬木圍簷聽雨眠。

茗杯書卷意蕭然，燈火微明應未眠。竹樹雨收殘月出，清聲涼影滿牕前。

風激飛藤葉亂流，寒沙渺渺水悠悠。碧煙半嶺斜陽澹，滿目青山一月秋。

清溪汩汩帶遥灘，過雨青山落照間。三里漁梁歸路近，竹西茆屋未曾關。過荆溪

舟中貽友。

謖謖松風灝碧川，高人蹤跡在漁船。一痕斜日青山外，萬頃晴波白鳥前。

蒼松落落帶滄灣，秋在丹楓夕照間。料得詩翁勞應接，耳中流水眼中山。

蒼山隱隱樹重重，茅屋秋驚半落楓。顧我知音成遠訪，蹇驢不憚路西東。

漠漠空江水見沙，寒原日落樹交加。幽人索莫詩難就，停櫂閒看繞樹鴉。

小蹇衝風引步遲，忍寒偏稱覓新詩。箇中別有難言處，只許當年鄭五知。

小蹇衝風引步遲，風融觸眼總新詩。千山圍玉天開畫，此意惟應鄭五知。

密樹緣山凍不分，天垂暮色轉氤氳。山童貰酒歸何處，雪壓茆簷有隱君。

城中塵土三千丈，何似兩翁麋鹿蹤。隔浦晚山供一笑，離離自暎夕陽松。

扁舟自有江湖興，眼底何人得此閒。我亦世間求静者，久攖塵夢負青山。

倚空石壁開蒼雪，暎水高柯舞翠蛟。記取江南奇絶處，石湖西畔獨平橈。

燕山朔雪正毵毵，野水冥冥凍欲函。憐取白頭車馬客，坐開圖畫憶江南。

斷葦棲塘秋滿川，晚晴漪樹一汀煙。青山近是供詩料，忽共斜陽落釣船。

漠漠長雲已滅蹤，隔溪照見玉芙蓉。詩人何必騎驢背，儘有閒情付短笻。雪山圖。

隔溪緑樹蔭潺湲，啼鳥春來意思閒。最是高人茅屋底，推窗獨對雨中山。雨山圖。

老人長日不能閒，時寄幽情水墨間。豈是胸中有丘壑，聊從筆底見江山。爲居士貞仿趙魏公《水邨圖》。

爲愛江深草閣寒，倚闌終日坐忘還。個中妙境誰應識，閣下溪聲閣外山。

春深高樹緑成幃，過雨寒泉帶雪飛。坐久不知山日落，四簷空翠濕人衣。

坐看長松落午陰，静聞流澗激情音。松風水玉真堪寫，悔不攜將七尺琴。

百疊春雲百疊山，杏花三月雨斑斑。分明記得橫塘路，一葉輕舟載雨還。正德庚午春仲，坐雨停雲館題畫。

千里相思一旦逢，半生心事此宵同。話深不覺頻移席，露下庭柯滿月空。贈泰孫畫。

蕭蕭落木四山空，無限秋光夕照中。喚起奚童將綠綺，要臨流水寫松風。

燕山二月已春酣，宮柳霏微水暎藍。屋角疏花紅自好，相看終不是江南。甲申二月晦日，鄭正叔偶訪小齋，坐語家山風物，寫此寄意。

古木陰陰山逕迴，雨深門巷長蒼苔。不嫌寂寞無車馬，時有幽人問字來。雨中承克承過訪山房，寫此奉贈，癸卯六月二日。

春風著柳弄鵝黄，宿雨膏原細草香。莫怪幽人坐忘去，遠山偏自稱斜陽。

秋風千里試初程，不盡吴門送子情。後夜扁舟江上宿，滿天明月看潮生。八月望日，震方北上，過余言别，賦此奉餞并系小圖。

丹楓映水似春花，閒弄扁舟蹋淺沙。何處鷄聲茅屋底，隔江依約見僊家。

突兀群山疊翠屏，臨流草閣瞰虚明。坐來喜有相過客，識取漁梁拄杖聲。

抱病經旬不裹頭，故人相顧特淹留。虛齋寂歷無塵迹，共聽疏柯滿院秋。病中承天吉過訪，聊此記事。

行盡崎嶇路萬盤，滿山空翠濕衣寒。風松澗水天然調，抱得琴來不用彈。

江南春煖樹交青，樹杪芙蓉列畫屏。有約相攜過橋去，隔溪别有見山亭。

綠樹敷陰白晝長，濃煙醮水遠山蒼。只應走馬長安客，輸我溪亭五月凉。

遥山過雨翠微茫，疏樹離離挂夕陽。飛盡晚霞人寂寂，虛亭無賴領秋光。戊午四月既望，仿雲林筆。

蘭橈十里下橫塘，澹澹風摇鬢影凉。野水秋來寒玉浄，碧山西去暮雲長。

雲影山光照莫春，飛花點水玉粼粼。安知嘯詠臨流者，不是羲之等輩人。

罨畫溪頭春水深，白雲初斂見遥岑。詩翁解領新晴意，攜卻瑶琴過綠陰。

碧樹鳴風澗草香，綠陰滿地話偏長。長安車馬塵吹面，誰識空山五月凉。

蹴踘圖 嘉靖己酉七月

青巾黄袍者，太祖也。對蹴踘者，趙普也。青巾衣紫者，乃太宗也。居太宗之下，石守信也。巾在於前者，党晋也。年少衣青者，楚昭輔也。

聚戲人間混等倫，豈殊凡翼與常鱗。一朝龍鳳飛天去，總是攀龍附鳳人。

河梁話别圖

泣别河梁恨未銷，歸心惻惻漢天遥。李陵若論興亡事，誰識蘇卿是久要。

明皇夜游圖

隔花雕輦度輕雷，御酒初傳鳳管催。别勑梨園千妓女，月中齊唱紫雲回。

昭君圖 卷後有尤鳳丘按傳布景。

琵琶彈淚翠眉颦，白草黄花暗虜塵。幾度穹廬明月夜，夢魂猶憶漢宫春。

孔周經時不見日想高勝居然在懷因寫碧梧高士圖并小詩寄意

漠漠疏桐灑面涼，濺濺寒玉漱迴塘。馬蹄不到清陰寂，始覺空山白日長。

桐陰高士圖 己巳春

子寅自南都來，持余舊作《桐陰高士圖》，觀之蓋有年矣。可見歲月易增，筆力易減，較之於今，大不如前。爲之悵然，因題一過。

舊畫重題二十年，碧梧秋色尚依然。而今點染渾忘却，老去聰明不及前。

王文恪公燕集圖 正德庚辰

冬日侍柱國太原公，東堂燕集，奉紀小詩。同集者，濟陽蔡羽九逵、太原王守履約、王寵履吉，敬邀同賦。

白頭蕭散對芳罇，謂識三朝舊相君。趣賣金爲賓客具，有時席許野人分。狄門自昔稱多士，白傅平生最有文。漫説江湖多樂事，還從天際看浮雲。

坐列群賢少長并，何如逸少會蘭亭。一樽談笑兼文字，百代風流尚典型。殘雪映筵梅粉瘦，春風繞餚菜絲青。周公醖藉如醑酎，怪得相看未易醒。

相公開緑墅，題詠屬諸生。松下琴尊浄，城頭雲鳥晴。碧桃封玉洞，紫鳳發秦京。要識夔龍味，從容酌大羹。門下生蔡羽。

上相豐時豫，西園清燕開。日華浮曲蓋，雲氣動層臺。赤鯉調神鼎，黃流湛玉杯。懽餘歌幾醉，吹煦媿蒿萊。

稷高韜霖雨，丘園賁鳳麟。紫微開日月，碧海動星辰。宮錦盤龍瑞，山玄曳珮珍。委袞天下計，還繫典刑人。門下生王守。

鳳凰翔千仞，覽德自委蛇。哲人洞玄象，約己澹無爲。天倪亮有適，好爵非所縻。周公睠東洛，疏廣辭皇師。綏章曳靈羽，命服交文螭。赤舄乃几几，肅穆君子儀。我公在朱堂，式燕臨前墀。吹萬天下澤，樂育宮牆私。既醉湛露泥，有滰青雲披。列麐華榱下，吐論光陸離。傾心佇饑渴，日入迴忘疲。

淮海維揚藪具區，咸池靈氣哲人俱。題輿八座璣衡轉，端委三朝日月扶。志決皋夔勤衮職，學宗姬姒弼文謨。石渠金馬從容地，玉几憑虚聖眷殊。

昭代文華七葉光，天人群會翼先皇。河圖琬琰台階列，大吕黄鍾閟廟揚。千古晶英躔斗宿，萬年禮樂盛明良。橋山玉殿松楸拱，元老儀型肅典常。

威鳳冥翔萬里毛，青山閒曳白雲袍。五湖下上天池迴，一柱東南日觀高。玉洞朝霞餐石乳，璜溪秋水弄漁舠。謝公不倦林泉賞，無那蒼生屬望勞。

天上縣車秉哲尊，星移南斗嵑龍門。泰山不動群峰遶，滄海無倪萬壑奔。台衮提攜慚淬礪，草茅淪落悵乾坤。重堂曲讌旌旆倚，澹蕩春風煦酒樽。門下生王寵。

永錫難老圖

嘉靖丁巳　陸聽松云：此待詔作以壽徐文貞階者。重青緑作喬松古柏，貌文貞攜書卷坐古藤下。

大學士存齋先生，九月實維降誕之辰。從子瑚索詩稱慶，徵明於公固有不能已於言者，既爲製圖，復贅短什。

經綸黄閣履憂端，五十纔臨髩已斑。早際風雲裨衮職，久依日月近龍顔。天教昌熾應難老，身繫安危未許閒。白髮野人何所頌，短章聊賦信南山。

烹茶圖

嫩湯自愛魚生眼，新茗還夸翠展旗。穀雨江南佳節近，惠山泉下小船歸。山人紗帽籠頭處，禪榻風光繞鬢飛。酒客不通塵夢醒，卧看春日下松扉。

蓮房翠禽圖

錦雲零落楚江空，翡翠翎邊夕照紅。愁絶蘭繞煙水外，秋香吹老一灘風。

杏花黃鸝圖

習習春風上苑回，一枝先傍曲江開。莫嫌花氣能薰客，自有鶯聲喚醒來。

薔薇麻雀圖

叢叢花色映霞妝，西域移來種自芳。幽賞不知春已去，尚聞野雀噪斜陽。

茶梅雙禽圖

絶艷清芬名自奇，相看總是歲寒姿。山禽應惜棲能隱，兩兩飛來借一枝。

杏花雙鳩圖

別院花飛雨乍晴，暖風吹日困人情。不知春色來多少，試聽雙棲好鳥聲。

梨花山鵲

物華無賴酒初醒，奕奕梨花照晚晴。怪底山禽啼不歇，十分春色近清明。

梨花白燕圖

高下翩翻雪羽齊，江南春盡絮飛時。夢回王謝烏衣盡，舞罷昭陽縞袖垂。簾外風輕銀剪剪，釵頭春盡玉差差。樓頭霜月傷心處，只許張家盼盼知。

驚見玄禽故態非，雪翎玉骨世應稀。越裳雉尾姬周化，瀚海烏頭漢使歸。誤入梨花惟聽語，輕沾柳絮似添衣。朱簾不隔涼州路，任爾差池上下飛。文彭。

瑤星散彩射昭陽，雪羽差池繞柏梁。臺上舞酣垂縞袂，掌中仙去拂霓裳。梨雲漠漠迷香夢，花霧冥冥破曉妝。似妬宮中白紈扇，故穿珠箔弄輝光。陸師道。

雙燕翩然下竹扉，曉簷霜羽弄輝輝。誰言白鳥非玄鳥，肯信烏衣是雪衣。小院風輕迷蝶去，滄江日落亂鷗歸。也知自惜奇毛羽，不向朱門汗漫飛。文嘉。

社後差池素影非，荊門春盡雪初稀。王孫陵闕當年見，天女祠庭昨夜歸。綵勝風翻銀作縷，湘簾雲礙玉爲衣。尋常不逐銜泥伴，遥憶攜書海上飛。彭年。

瑤光一點散江潭，乙鳥歸來雪羽毿。虜騎雲中飛欲没，霓裳月下舞初酣。定棲珠箔輝初射，迷入楊花路未諳。符瑞豈因靈媛降，太平天子正宜男。周天球。

小院秋黄圖

菊裳荏苒紫羅衷，秋日溶溶小院東。零落萬紅炎景盡，獨垂舞袖向西風。

春雨未晴花事尚遲拈筆戲寫牡丹并賦小詩

墨痕别種洛陽花，彷彿春風似魏家。應是主人忘富貴，故將閒淡洗鉛華。

畫牡丹

粉香雲暖露華新，曉日濃薰富貴春。好似沉香亭上看，東風依約可憐人。

梅

雪片經春猶未消，一庭寒玉逗清宵。無端幽夢尋芳信，香艷分披意自嬌。

梅花水仙

江梅奕奕自吹香，玉質臨風舞袖長。大似孤山貧處士，寒泉配食水仙王。

水　仙

未論摇月堪爲佩，若使淩波直欲仙。香夢攪人眠不得，爲君親賦返魂篇。

辛亥春日訪補菴郎中適庭中玉蘭盛開連日賞翫賦此并系此圖

綽約新妝玉有輝，素娥千隊雪成圍。要知姑射真仙子，欣見霓裳試羽衣。影落空階初月冷，香生別院晚風微。玉環飛燕元相敵，笑比江梅不恨肥。

奕葉靈葩別種芳，似舒還斂玉房房。仙翹映月瑶臺迴，素腕披風縞袂長。拭面何郎疑傳粉，前身韓壽有餘香。夜深香霧空濛處，彷彿群姬解佩璫。

澤蘭圖

近承友人寄贈温蘭，秋來著花甚開，因作此詩謝之，適張辨之以《蘭卷》相示，既爲補空，録此詩于上。

草堂安得有琳琅，傍案猗蘭奕葉光。千里故人來解佩，一窗幽意自生香。夢回涼月甌江遠，思入風雲楚畹長。漸見不聞餘馥在，始知身境兩相忘。

湘波平，楚岫青，美人羅袂。障風橫，光風綰作騷人佩，還帶三閭一卷經。允明。

秋日，辨之攜此卷索余畫，見吾文師墨戲，不敢援筆，敬書數語歸之。丁卯陳淳謹識。

一回展卷懷千古，無數青峰近可招。旅雁北征雲慘淡，魚舟南下水迢遥。蒼梧帝子魂應斷，空谷佳人恨未消。憔悴誰知吟澤畔，欲傾緑醑慰無聊。黄雲。

別來芳迹杳難尋，千里相知契結深。漢館月明幽客夢，楚江秋盡美人心。含風婀婀香生佩，隔水悠悠思入琴。百卉無情自春迹，不堪於此易沾巾。

余嘗題文衡山《墨蘭》寄友人，今爲辨之録。此時癸酉歲九月十八日，在松陵舟中書。湖光月色相映，且與衡山方別，其情不言可知也。陳沂。

蘭禽

幽蘭奕奕泛清風，撲雪吹香萬卉空。莫怪山禽依淺草，低飛元自戀芳叢。

題蘭

炎夏悠悠白晝長，空齋睡起拂匡牀。不須甲煎添金鴨，風泛崇蘭滿几香。

題畫蘭

手培蘭蕙兩三栽，日煖風微次第開。坐久不知香在室，推窗時有蝶飛來。

蘭

葉颭東風翠帶斜，白雲根底茁紅芽。山中誰得稱君子，滿地無名野草花。

雨中禄之攜松雪畫蘭竹過訪即爲作此 嘉靖庚戌

纖纖小雨作輕寒，最好疏篁帶雨看。正似美人無俗韻，清風徐灑碧琅玕。

竹枝圖

淡墨淋漓粉節香，清風彷彿見瀟湘。一般紅杏沾恩澤，别有濃陰蓋草堂。

竹

古木蒼龍影，脩篁碧玉枝。相看兩不厭，同保歲寒姿。

聽玉圖爲貳郡程丈畫

虚齋坐深寂，涼聲送清美。雜佩摇天風，孤琴寫流水。尋聲自何來，蒼竿在庭所。冷然如有聲，應耳相諾唯。竹聲良已佳，吾耳亦清矣。誰云聲在竹，要識聽由已。人清比脩竹，竹瘦比君子。聲入心自通，一物聊彼此。傍人漫求聲，已在無聲裏。不然吾自吾，竹亦自竹耳。雖日與竹居，終然邈千里。請看太始音，豈入箏琶耳。

竹居圖

珍重閒情在竹間，幽居深鎖碧琅竿。清風自解驅塵土，高節還堪托歲寒。門掩夕陽容竟造，詩成春雨倩誰刊。已知胸次清虛甚，莫作尋常肉食看。

蘭澤蔽宿草，椒丘無餘芳。睠兹君子室，懿彼多脩篁。雨葉偃翡翠，風梢亞琳瑯。

幽人感歲暮，托跡同雪霜。曾謂白駒至，載脂鳴鳳翔。神慮紛蕭散，遐心信徜徉。寤言契斯樂，永矢不可忘。安陽杜璠。

幽居清閟翠成文，盡日焚香對此君。晝永疏風輕嫋嫋，夜寒涼月白紛紛。吴下王穀祥。

猗猗緑竹，秩秩華榱。翠文洞疏，秀翳堦壝。白日潛照，清風時披。澹然幽獨，君子之居。葆生文伯仁。

種竹隨清况，幽居遠俗氛。誰知豹闥客，能愛鳳園雲。曉徑浮青月，秋窗映緑濆。王猷千載興，蕭灑出人群。秦餘山人岳岱。

修竹堂開粤水潯，野情瀟散一抽簪。清秋卧聽瀟湘雨，白日行歌翡翠林。颯沓時聞金玉奏，孤高猶見歲寒心。主人自是逃虚者，披閲黄庭坐茂陰。吴趨許閏。

右竹居卷，皆吴中一時聞人爲海寧王君作者。王君不詳爲何人，觀其絹素精好，交無雜賓，亦可尚已。不知何緣，流落京師，震川先生得之。先生雅好種竹，而亦姓王，亦可以爲奇矣。偶攜過敝寓，因嘆物之得其所歸。而卷中諸人，震川所交幾半，時一展玩，殆若爲震川而設者。題此以寄歲月，蓋自戊子至今，已三十九年。又不勝存殁之，感於諸公也。嘉靖丙寅秋七月，三橋文彭。

萬曆庚辰四月晦日，觀於耆英堂之東偏，展玩數四不能去。手卷中諸名士，惟徐君猶在，而先兄亦仙游八年矣。因題于後以誌感，茂苑文嘉。

芸人按《珊瑚網》云卷有汝南黄省《竹居賦》，云海寧王侯雅崇經術，其居羅以修竹，五嶽山人聞而賦之詩。有安陽杜璠、吴下王穀祥、瀫峰徐玄度，民則陽抱山人陸芝、洞庭徐麟，俱未及録。今杜、王二詩自《郁氏書畫題跋記》補録，其餘則不可考矣。

題竹寄履仁

西齋半日雨浪浪，雨過新梢出短牆。塵土不飛人跡斷，碧陰添得晚窗涼。

竹間佳興屬王猷，竹外風煙寫素秋。市散人間詩欲就，一簾疏雨入西樓。

與逵甫燕坐小齋爲寫竹石

對坐焚香習燕清，好風如水泛簾旌。夕陽忽見疏疏影，落木空江生遠情。

竹雀

落木蕭蕭苦竹深，茅簷斜日喚雙禽。棘叢豈是藏身地，三月春風滿上林。

横斜竹外枝圓爲廷用寫

淡月黄昏水清淺，古今惟有老逋詩。近來翻得東坡案，爲寫横斜竹外枝。

瘦竹疏梅書法妙，妙通神處又通詩。老夫亦欲翻公案，品作文家玉樹枝。沈周贊言。

楊子風流蘇老韻，豈惟能畫更能詩。要看瀟灑超人處，不在千花與萬枝。都穆。

古今人物難同調，大類詩家各自詩。圭角不應文字露，兩般生意付南枝。允明。

和仲案中多口病，衡山翻出畫新詩，沈都重又各翻案，究竟還輸祝指枝。杜啓。

跏趺對梅坐，至静發心香。樹静鳥聲寂，蕭然物我忘。唐寅。

菊

淵明老去不憂貧，醉擷金莖滿意春。却笑微花何幸會，至今珍重爲斯人。

透紙離離見墨花，細香團玉見霜華。江南五月炎無奈，别有涼風屬畫家。

今歲菊事頗遲，重以積雨，遂爾落寞。偶過王氏小樓，見缾中一枝，因紀短句。戊寅十月。

新寒十月滿西樓，斷送籬花一雨休。猶有雙英供酒盞，不教全負一年秋。

荆榛冒長堤，秋光媚幽石。懷彼漉酒生，悵悵空採摘。王守。

白露團空下，秋花倚石栽。深憐好顏色，不媿後時開。王寵。

畫鵲

日光浮喜動簷楹，鳥鵲於人亦有情。小雨初收風潑潑，亂飛叢竹送歡聲。

畫　鳥

城頭霜落月離離，匝樹群鳥欲定時。會有人占丈人屋，微風莫自裊空枝。

爲德成孝廉畫鳥

君家有高樹，夜夜宿慈鳥。鳥好人亦好，爲君還作圖。

直夫過訪遇雨寫贈

南風其奈軟塵何，好雨還隨好客過。更有幽清淹晚坐，新凉斜日在喬柯。

喬　柯

白石巖巖封翠苔，喬柯落落委荒萊。傍人莫作支離看，猶是明堂有用才。

古木圖

玲瓏蒼壁太湖姿，浪蝕沙淘面面奇。百穴晴窗通玉女，一拳小石夢仇池。乍逢合下南宫拜，欲詠還輸白傅詞。更擬高齋題列岫，朝來秀色滿簷帷。

古木寒鴉

寒原秋高日西落，欲棲未棲鴉漠漠。枯枏昏煙脱葉鳴，嚴城月出霜華薄。霜清夜静月離離，正是驚禽欲定時。會有人占丈人屋，微風莫自裊空枝。

水墨寫意

嘉靖辛卯三月，偕子重履吉過行堂僧舍。時新雨初霽，清風襲人，性空上人。聯此紙索余墨，戲漫圖一二種，遂攜而歸，更旬始就。老年遲頓，聊用遣興，若以爲不工，則非老人計也。

古松流泉

北風入空山，木古翠蛟舞。何處天球鳴，寒泉灑飛雨。

仿梅道人墨竹

空庭竹樹翠交加，春雨垂垂溼更斜。睡起雲收朝日上，蕭然涼影印窗沙。

古檜

古檜折風霜，蒼虬落寒翠。何必用明堂，自得空山趣。

竹篠

約户秋聲夜未降，一天清樂夢湘江。酒醒何處覓環珮，斜月離離印紙窗。

枯木竹石上集鳩鵲

鳩一聲來鵲一聲，鳩能呼雨鵲呼晴。天公見此難分辨，晴不成時落不成。

萱草

窗外宜男花，本是忘憂草。釵頭誰倒簪，錢塘蘇小小。

蘆粟兔

罝羅不擾澤原寬，豐草茸茸足自跧。只恐山中藏不得，會須拔穎利人間。

蘭竹

翠竹淡摇金，芳蘭破紫玉。兩兩結同心，因之愛幽獨。

水仙

莫信陳王愛洛神，淩波那得更生塵。水香露影空青處，留得當年解珮人。

芸人按，原十二幀，《題竹石卧犬》云「春日鶯啼修竹裏，仙家犬吠白雲間」，《題菊》云「惟餘寂寞籬根菊，斜日西風映臉黄」，《題古梅》云「疏影横斜水清淺，暗香浮動月黄昏」，并是前人斷句，附識于此。

五友圖

嘉靖戊子春二月，子重邀余同游玄墓，留憩僧寮。凡五日，湖光山色，窮極其勝。歸舟寂寞，子重出此紙索畫，漫爲塗抹。昔子固嘗圖松竹梅，謂之歲寒三友。余又加以幽蘭、古柏，足成長卷。惜一時漫興，觀者當於驪黄之外求之可也。

松石

片石與孤松，曾經物外逢。月臨棲鶴影，雲抱老人峰。蜀客君當問，秦官我舊封。積膏當琥珀，新劫長芙蓉。待補蒼蒼在，樛柯早變龍。

蘭石

紫莖拆新粉，別葉轉光風。小閣茶甌歇，相看細雨中。

梅

一枝竹外夢春酣，雲落綃裳舞翠鸞。天淡水平山月小，一人吹笛過江南。

芸人按，題竹詩見前竹篠題柏是杜陵「霜皮溜雨」二句，今不録。

附録

傳略

明史本傳

文徵明，長洲人，初名璧，以字行，更字徵仲，別號衡山。父林，温州知府。叔父森，右僉都御史。林卒，吏民醵千金爲賻。徵明年十六，悉却之。吏民修故「却金亭」，以配前守何文淵，而記其事。

徵明幼不慧，稍長，穎異挺發。學文於吴寬，學書於李應禎，學畫於沈周，皆父友也。又與祝允明、唐寅、徐禎卿輩相切劘，名日益著。其爲人和而介，巡撫俞諫欲遺之金，指所衣藍衫，謂曰：「敝至此邪？」徵明佯不喻，曰：「遭雨敝耳。」諫竟不敢言遺金事。寧王宸濠慕其名，貽書幣聘之，辭病不赴。正德末，巡撫李充嗣薦之，會徵明亦以歲貢生詣吏部試，奏授翰林院待詔。世宗立，預修《武宗實録》，侍經筵，歲時頒賜，與諸詞臣齒。而是時專尚科目，徵明意不自得，連歲乞歸。先是林知温州，識張璁諸生中。璁既得勢，諷徵明附之，辭不就。楊一清召入輔政，徵明見獨後。一清亟謂曰：「子不知乃翁與我友邪？」徵明正色曰：「先君棄不肖三十餘年，苟以一字及者，弗敢忘。實不知相公與先君友也。」一清有慚色，尋與璁謀，欲徙徵明官。徵明乞歸益力，乃獲致仕。四方乞詩文書畫者，接踵於道，而富貴人不易得片楮，尤不肯與王府及中人，曰：「此法所禁也。」周、徽諸王以寶玩爲贈，不啓封而還之。外國使者道吴門望里肅拜，以不獲見爲恨。文筆徧天下，門下士贋作者頗多，徵明亦不禁。嘉靖三十八年卒，年九十矣。

長子彭，字壽承，國子博士；次子嘉，字休承，和州學正，并能詩，工書畫篆刻，世其家；彭孫震孟，自有傳。吴中自吴寬、王鏊以文章領袖館閣，一時名士沈周、祝允明輩與并馳騁，文風極盛。徵明及蔡羽、黄省曾、袁袠、皇甫沖兄弟稍後出，而徵明主風雅數十年。與之游者王寵、陸師道、陳道復、王穀祥、彭年、周天球、錢穀之屬，亦皆以詞翰名於世。

文先生傳

王世貞

余讀太史公叙致九流，顧獨不及文章家言，詎藝乎哉？誦者少其貶詘節義，然至於傳田叔、司馬相如，抑何其詳亹厭志也？范詹事爲《漢書》，稍稍具列。《獨行》《文苑》，稱有尚矣。

夫余自燥髮時，則知吴中有文先生。今夫文先生者，即無論田畯孺嫗裔夷，至文先生嘖嘖不離口，然要問以其翰墨得之。而學士大夫自詭能知文先生，則謂文先生負大節，篤行君子，其經緯足以自表見，而惜其掩於藝。夫藝誠無所重文先生，然文先生能獨廢藝哉？造物柄者，不以星辰之貴而薄雨露，不以百穀之用而絶百卉，盖兼所重也。文先生者，初名璧，字徵明，後以字行，更字徵仲。其先蜀人也，徙廬陵，再徙衡，爲衡人。至元而有俊卿者，以都元帥佩金虎符，鎮武昌。次子定聰，爲散騎舍人。定聰次子惠，爲吴贅，遂爲吴人。惠子洪，爲淶水教諭。教諭子温州守林，則先生父也。先生生而敦確，八九歲語猶不甚了了，或疑其不慧。温州公獨異之，曰：「兒幸晚成，無害也。」先生既長，就外塾，穎異挺發，日記數百千言。嘗從温州公宦於滁，以文贄莊昶郎中，莊公讀而奇之，爲詩以贈。然先生得其緒於門人，往往舍下學而談上達，因絶口不名莊氏學。歸爲邑諸生，文日益進。年十六而温州公以病報，先生爲廢食挾醫而馳，至則歿三日矣。慟哭且絶，久之乃蘇。郡寮合數百金爲温州公賻，先生固謝不受，曰：「勞苦諸君，孤不欲以生汙逝者。」其郡吏士謂温州公死廉而先生爲能子，因脩故卻金亭以配前守何文淵，而記其事。先生服除，益自奮勵，下帷讀恒至丙夜不休。於文師故吴少宰寬，於書師故李太僕應禎，於畫師故沈周先生，咸自愧歎以爲不如也。吴中文士秀異祝允明、唐寅、徐禎卿日來游，允明精八法，寅善丹青，禎卿詩奕奕有建安風。其人咸跅弛自喜，於曹偶無所讓，獨嚴憚先生，不敢以狎進。先生與之異軌而齊尚，日懽然亡間也。俞中丞諫者，先生季父中丞公同年也。念先生貧而才先生，欲遺之金，曰：「若不苦朝夕耶？」先生曰：「朝夕饘粥具也。」俞公故指先生藍衫曰：「敝乃至此乎？」先生佯爲不悟者，曰：「雨暫敝吾衣耳。」俞公竟不忍言遺金事。一日，過先生廬，而門渠沮洳，俞公顧曰：「通此渠，若於堪輿言，當第。」先生謝曰：「公幸無念渠。渠通，當損傍民舍。」異日，俞公自悔曰：「吾欲通文生渠，奈何先言之，我終不能爲文生德也。」先生業益精，名日益重，寧庶人者，浮爲慕先生，貽書及金幣聘焉。使者及門，而先生辭病，亟卧不起，於金幣無所受，亦無所報。人或謂：「王今天下長者。朱邸虚其左而待。若不能效枚叔、長卿曳裾樂耶？」先生笑而不答。無何，寧竟以灰敗。於是尚書李公充嗣撫吴中，薦先生於朝，而先生亦自以諸生久，次當貢至京。吏部試而賢之，特爲請超授翰林待詔。翰林楊先生慎、黄先生佐、吏部薛君蕙名能博精，負一世才，以得下上先生爲幸。大司寇林公俊尤重之，間日，輒爲具召先生曰：「坐何可無此君也？」先生爲待詔可二年，修國史，侍經筵。歲時上尊餼幣，所以慰賜甚厚。然居恒邑邑不自得，上疏乞歸，寢不報。又一年，當滿攷，先生逡巡弗肯往，再上疏乞歸，又不報。亞相張公者，温州公所取士也。用議禮驟貴諷先生主之，先生辭。而上相楊公以召入，先生見獨後。楊公亟謂曰：「生不知而父之與我友耶？而後見我？」先生毅然曰：「先君子弃不肖三十餘年，而以一字及者，不肖弗敢忘也。故不知相公之與先君子友也。」竟立弗肯謝。楊公悵然久之，曰：「老誖甚，愧見生，幸寛我。」至是，楊公與張公謀欲遷先生，而先生愈迫欲歸。至三上疏，得致仕。御史鄭洛請留先生爲翰林，重朝論踸之。先生歸，杜門不復與世事，以翰墨自娱。諸造請户外屨常滿，然先生所與從請，獨書生、故人子屬、爲姻黨而窘者，雖强之，竟日不勸。其他即郡國守相連車騎，富商賈人珍寶填溢於里門外，不能博先生一赫蹏。而先生所最慎者藩邸，其所絶不肯往還者中貴人曰：「此國家法也。」先是，周王以古鼎、古鏡，徽王以金寶甌、他珍貨值數百鎰贄。使者曰：「王無所求於先生，慕先生耳，盍爲一啓封？」先生遜謝曰：「王賜也，啓之而後辭，不恭。」竟弗啓。四夷貢道吴門者，望先生里而拜，以不得見先生爲恨。然諸所欲請於先生度不可，則爲募書生、故人子、姻黨重價購之，以故先生書畫遍海内外，往往真不能當贋十二。而環吴之里居者，潤澤於先生之手，幾四十年先生好爲詩，傅情而發，娟秀妍雅，出入柳柳州、白香山、蘇端明諸公。文取達意，時沿歐陽廬陵。書法無所不規，仿歐陽率更、眉山、豫章、海岳，抵掌睥睨，而小楷尤精絶，在山陰父子間。八分入鍾太傅室，韓、李而下所不論也。丹青游戲，得象外理，置之趙吴興、倪元鎮、黄子久坐，不知所左右矣。先生門無雜賓客，故嘗授陳道復書，而陸儀部師道歸自儀部，委質爲弟子。其最善後進者，王吏部穀祥、王太學寵、秀才彭年、周天球。而先生之二子彭、嘉亦名，能精其業。時時過從，談榷秇文，品水石，記耆舊故事，焚香燕坐，蕭然若世外。而吴中好事家日相與載酒船，候迎先生湖山間，以得一幸爲快。雖孺子亦習知先生名，至市井間强勉爲善者，其曹戲之曰：「汝豈亦文某耶？」先生事其兄奎恭甚，内行尤淳，固與吴夫人相莊白首也。生平無貳色，足無狹邪。履貧而好施，周人之急甚於已。見以爲峻潔自表，而待人温然，無少長，無敢慢。至九十猶矍矍不衰，海内習文先生名久，幾以爲異代人，而懷其在，謂爲仙且不死。已未，爲嚴御史母書墓志已，擲筆而逝，儵然若蜕者。諸生奔訃上其事，臺使者祀先生於學宫，而私謚爲貞獻先生。先生詩文集若干卷，有《甫田集》行於世。丈夫子三人，彭爲國子博士，嘉爲和州學正，臺先卒。諸孫、曾中多賢者。

王世貞曰：「吴中人於詩述徐禎卿，書述祝允明，畫則唐寅伯虎。彼自以專技精詣哉，則皆文先生友也，而皆用前死，故不能當文先生。人不可以無年，信乎！文先生盖兼之也。先生晚而吴中人以朱恭靖公希周并稱。夫朱公者，恂恂不見長人也，何以得比聲先生哉？亦可思矣。余鄉者東還時，一再侍文先生，然不能以貌盡先生。而今可十五載，度所取天下士，折衷無如文先生者，迺與先生之子彭及孫元發撰次其事。

先君行畧

文嘉

文氏姬姓，裔出西伯。自漢成都守翁始著姓於蜀，後唐莊宗帳前指使輕車都尉諱時者，自成都徙廬陵傳十一世，至宋宣教郎寶，與丞相信國公天祥同所出。寶官衡州教授，子孫因家衡山。元有諱俊卿者，爲鎮遠大將軍湖廣管軍都元帥佩金虎符鎮武昌，生六子：長定開，從高皇帝平僞漢，賜名添龍，以功授荆州左護衛千户；次定聰，侍高皇帝爲散騎舍人，贅爲浙江都指揮蔡本壻，定聰生惠，自杭來蘇，壻於張聲遠氏，遂爲蘇之長洲人；惠生洪，字公大，始以儒學起家，中成化乙酉科舉人，仕爲淶水縣學教諭。洪生林，字宗儒，成化壬辰進士，歷知永嘉、博平二縣，事進南京太僕寺寺丞，仕終温州府知府，公之父也。母祁氏，贈安人；繼母吴氏，封安人。公諱璧，字徵明，後以字行，更字徵仲，以世本衡山人，號衡山居士，學者稱爲衡山先生云。少時外若不慧，然敦確内敏。雖在童稺，人不敢易視。稍長，讀書作文即見端緒，尤好爲古文詞。時南峰楊公循吉、枝山祝公允明俱以古文鳴，然年俱長公十餘歲。公與之上下其議論，二公雖性行不同，亦皆折輩行與交，深相契合，或有問先君於祝君者，君曰：「文君乃真秀才也。」公名既起，然不苟爲人述作，或有托其名爲文以售者，楊公輒能辨之。温州於吴文定公寬爲同年進士，時文定居憂於家，温州使公往從之游，文定得公甚喜，因悉以古文法授之，且爲延譽於公卿間。温州在南太僕寺少卿李公應禎博學好古，性剛介難近，少所許可，而獨重公。公亦執弟子禮惟謹。一日，見公書稍涉玉局筆意，即大咤曰：「破却工夫何用隨人脚踵？」且曰：「吾學書四十年，今始有得，然老無益矣。」因以筆法授公。南濠都公穆，博雅好古，六如唐君寅，天才俊逸。公與二人者，共耽古學，游從甚密，且言于温州使薦之當路，都竟起家，爲己未進士。唐亦中南京戊午解元。時温州在任，還書誡公曰：「子畏之才宜發解，然其人輕浮，恐終無成，吾兒他日遠到非所及也。」徐迪功禎卿，年少時袖詩謁公，公見徐詩大喜，遂相與倡和，有《太湖新録落花》等詩傳於世。及温州在任有疾，公挾醫而往，至則前三日卒矣。時屬縣賻遺千金，公悉却之。温人搆亭以致美云。温州既没，公與游諸君祝、唐、都、徐皆連起科目，而公數試不利，乃歎曰：「吾豈不能時文哉？得不得固有命耳，然使吾匍匐求合時好，吾不能也。」於是益肆力爲古文詞。時雅宜王君寵異才也，少公二十四歲，公雅相推重，引與游處，王竟以德學名公。年漸長，名益起，而海内之交多偉人，皆敬畏於公，故天下傾慕之。寧藩遣人以厚禮來聘，公峻却其使。同時，吴人頗有往者，公曰：「豈有所爲如是而能久安藩服者耶？」人殊不以爲然。及寧藩叛逆，人始服公遠識。巡撫李公充嗣露章，薦公督學，欲越次貢之。公曰：「吾平生規守，豈既老而自棄耶？」督學亦不能强，竟以壬午貢上。癸未四月至京師，甫十八日，吏部爲覆前奏，有旨，授公翰林院待詔。翰林諸公見諸公推與太甚，或以爲過，及見公，咸共推服。而新都楊公慎、嶺南黄公佐愛敬尤至，故事翰林以入之，先後爲坐次。公年既長，其中又有爲公後輩者，遂以齒讓公。公竟上坐，衆亦不以爲迕。既而與脩《實録》成，當遷官，或言宜先謁見當道。公竟不往，官亦不遷，惟賜銀幣而已，公亦無所懟也。先是羅峰張公，爲温州所拔士，公亦與交，及張將柄用，遂漸遠之。公于早朝，未嘗一日不往，偶跌傷左臂，始注門籍月餘。時議禮不合者，言多訐直，於是上怒，悉杖之於朝，往往有至死者。公幸以病不與，乃歎曰：「吾束髮爲文，期有所樹立，竟不得一第，今亦何能强顔久居此耶？况無所事事，而日食太官，吾心真不安也！」遂謝歸。方上疏時，或言公居官已三年，若一考滿當得恩澤，或可進階。公笑而不答，竟不考滿而歸。時丙戌冬也，屬河凍舟膠不可行，乃與泰泉黄公同守凍潞河。有欲疏留公者，公令人謝之，曰：「吾已去國，而偶滯於此，若疏入，是我猶有所覬覦矣，何君不知故人如此？」留者遂止。或勸公從陸路遄歸，公曰：「吾非以斥逐去國，行止均耳，何必窮日之力，而後爲快者？」明春冰解，遂與泰泉方舟而下。到家，築室於舍東，名玉磬山房，樹兩桐於庭，日徘徊嘯詠其中，人望之若神仙焉。於是四方求請者紛至，公亦隨以應之，未嘗厭倦。惟諸王府以幣交者，絶不與通。及豪貴人所請，多不能副其望，曰：「吾老歸林下，聊自適耳，豈能供人耳目玩哉？」蓋如是者，三十餘年，年九十而卒。卒之時，方爲人書志石未竟，乃置筆端，坐而逝，翛翛若仙去，殊無所苦也。是歲，爲嘉靖己未二月二十日。公配吴夫人，先公十八年卒，卒之年，爲嘉靖壬寅八月二十一日，得年七十有三。公古貌古心，言若不出口，遇事有不能決者，片言悉中肯綮，尤精於律例及國朝典故。凡時事禮文之有疑者，咸以公一言決之。初歸時，適玉峰朱公希周與公先後歸，又同里閈，時吴中前輩多已彫謝，遂以二公之德望、文學并稱者，垂三十年。公讀書甚精博，家藏亦富，惟陰陽方技等書，一不經覽。温州公善數學，嘗欲授公，公謝不能，乃曰：「汝既不能學，吾死可焚之。」及公奔喪至温，悉取焚去。少拙於書，遂刻意臨學，始亦規模宋元之撰，既悟筆意，遂悉棄去，專法晋唐。其小楷，雖自《黄庭》《樂毅》中來，而温純精絶，虞褚而下，弗論也。隸書法鍾繇，獨步一世。性喜畫，然不肯規規摹擬，遇古人妙蹟，惟覽觀其意，而師心自詣，輒神會意解，至窮微造妙處，天真爛熳，不減古人。時石田先生、沈公周爲公前輩，雅重公文，行見公所作小幅，亦極加歎賞。詩兼法唐、宋，而以温厚和平爲主，或有以格律氣骨爲論者，公不爲動。爲文醕雅典則，其謹嚴處，一字不苟，故一時文章，多以屬公，而獨持文柄者，垂六十年。或有得其書畫不翅拱璧，雖尺牘亦輒藏弆爲榮。海外若日本諸夷，亦知寳公之跡也。然公才名頗爲書畫所掩，人知其書畫，而不知其詩文；知其詩文，而不知其經濟之學也。公平生雅慕元趙文敏，公每事多師之。論者以公博學，詩詞、文章、書畫雖與趙同，而出處純正，若或過之。性鄙塵事，家務悉委之吴夫人。夫人亦能料理，凡兩更三年之喪，及子女婚嫁、築室、置産，毫髮不以干公之慮。故公得以專意文學，而遂其高尚之志者，夫人實有以助之也。公兄雙湖公徽静，性剛難事，公恪守弟道，而以正順承之。雙湖瀕涉危難，公極力周護，得不罹禍。雙湖亦遂友愛，怡怡之情，白首無間。公平生最嚴於義利之辨，居家三十年，凡撫按諸公餽遺，悉却不受，雖違衆不恤，家無餘貲，而於故人子弟及貧親戚賙之尤厚。與人交，坦夷明白，始終不異。人有過，未嘗面加質責，然見之者，輒惶愧汗下。絶口不談道學，而謹言潔行，未嘗一置身於有過之地。蓋公人品既高，而識見之定，執守之堅，皆非常人可及。故雖年登九十，名滿天下，而始終操履未或少渝，豈不爲難哉？公恒言：人之處世，居官，惟有出處進退；居家，惟有孝弟忠信。今詳考公之平生，真不忝於斯言矣！子男三人，女二人；孫男五人，孫女四人；曾孫男女各四人；玄孫男女各二人。某等以卒之明年庚午十月廿五日，舉公柩權厝于花涇橋之原，卜吉乃葬。夫葬，必有銘，凡以狀爲之先，然不有所述，狀亦無所據也。但先君平生懿行甚衆，不能一一載，載其大者，惟先生擇焉。仲子嘉謹述。

年表

成化六年庚寅十一月初六日，先生生。

七年辛卯，二歲。

八年壬辰，三歲。

九年癸己，四歲。

十年甲午，五歲。

十一年乙未，六歲。

十二年丙申，七歲。

十三年丁酉，八歲。

十四年戊戌，九歲。

十五年己亥，十歲。

十六年庚子，十一歲。

十七年辛丑，十二歲。

十八年壬寅，十三歲。

十九年癸卯，十四歲。

二十年甲辰，十五歲。

二十一年乙巳，十六歲。　先生父温州府君卒。

二十二年丙午，十七歲。

二十三年丁未，十八歲。
弘治元年戊申，十九歲。
二年己酉，二十歲。
三年庚戌，二十一歲。
四年辛亥，二十二歲。
五年壬子，二十三歲。
六年癸丑，二十四歲。
七年甲寅，二十五歲。
八年乙卯，二十六歲。
九年丙辰，二十七歲。
十年丁巳，二十八歲。
十一年戊午，二十九歲。
十二年己未，三十歲。
十三年庚申，三十一歲。

十四年辛酉，三十二歲。
十五年壬戌，三十三歲。
十六年癸亥，三十四歲。
十七年甲子，三十五歲。
十八年乙丑，三十六歲。
正德元年丙寅，三十七歲。
二年丁卯，三十八歲。
三年戊辰，三十九歲。
四年己巳，四十歲。
五年庚午，四十一歲。
六年辛未，四十二歲。
七年壬申，四十三歲。
八年癸酉，四十四歲。
九年甲戌，四十五歲。

十年乙亥，四十六歲。
十一年丙子，四十七歲。
十二年丁丑，四十八歲。
十三年戊寅，四十九歲。
十四年己卯，五十歲。
十五年庚辰，五十一歲。
十六年辛巳，五十二歲。
嘉靖元年壬午，五十三歲。
二年癸未，五十四歲。四月，至京師授翰林待詔。
三年甲申，五十五歲。
四年乙酉，五十六歲。
五年丙戌，五十七歲。冬，謝病歸。
六年丁亥，五十八歲。
七年戊子，五十九歲。

八年己丑，六十歲。
九年庚寅，六十一歲。
十年辛卯，六十二歲。
十一年壬辰，六十三歲。
十二年癸巳，六十四歲。
十三年甲午，六十五歲。
十四年乙未，六十六歲。
十五年丙申，六十七歲。
十六年丁酉，六十八歲。
十七年戊戌，六十九歲。
十八年己亥，七十歲。
十九年庚子，七十一歲。
二十年辛丑，七十二歲。
二十一年壬寅，七十三歲。先生配吴夫人卒。

二十二年癸卯，七十四歲。
二十三年甲辰，七十五歲。
二十四年乙巳，七十六歲。
二十五年丙午，七十七歲。
二十六年丁未，七十八歲。
二十七年戊申，七十九歲。
二十八年己酉，八十歲。
二十九年庚戌，八十一歲。
三十年辛亥，八十二歲。
三十一年壬子，八十三歲。
三十二年癸丑，八十四歲。
三十三年甲寅，八十五歲。
三十四年乙卯，八十六歲。
三十五年丙辰，八十七歲。

三十六年丁巳，八十八歲。

三十七年戊午，八十九歲。

三十八年己未，九十歲。二月二十日，先生卒。

文氏支裔表

文氏自待詔以後，繩繩弗替，藝苑蜚聲，世濟其美，蓋不徒湛持相國以風節著於啓禎之際也。畫史所載，摘録於次，以見君子之澤焉。

子彭，字壽承，號三橋。

嘉，字休承，號文水。

臺，字允承，號祝峰。

姪伯仁，字德承，號五峰。

仲義，字道承。

孫元善，字子長，號虎邱嘉子。

曾孫震亨，字啓美。

從簡，字彦可，號枕煙老人。元善長子。
玄孫果。震亨子。後爲僧，名超揆。
棡，字曲轅，號慨庵。從簡子。
定，一名止，字子敬，又字止庵。彭曾孫。
玄孫女淑，字端容。彦可女，趙靈均室。
六世孫垍，字曾武。震孟冢孫。後爲僧，名本光。
掞，字賓日，號古香，又號洗心子。從簡孫。
點，字與也，號南雲山樵。彭玄孫。
七世孫赤，字周舄。點子。
八世孫泰，字萬通。點孫。
永豐，字鹿曹，號東堂。泰弟。

藝　文　叢　刊

第　二　輯

023	廣川書跋	〔宋〕	董　逌
024	廣川畫跋	〔宋〕	董　逌
025	文房四譜	〔宋〕	蘇易簡
	蕉窗九録	〔明〕	項元汴
026	吴船録（外三種）	〔宋〕	范成大 等
027	蔬食譜	〔宋〕	陳達叟
	山家清供	〔宋〕	林　洪
	食憲鴻秘	〔清〕	朱彝尊
028	黄公望集	〔元〕	黄公望
029	倪瓚集（上）	〔元〕	倪　瓚
030	倪瓚集（下）	〔元〕	倪　瓚
031	文待詔題跋	〔明〕	文徵明
032	養魚經（外十種）	〔明〕	黄省曾 等
033	梅花草堂筆談（上）	〔明〕	張大復
034	梅花草堂筆談（下）	〔明〕	張大復
035	香乘（上）	〔明〕	周嘉胄
036	香乘（下）	〔明〕	周嘉胄
037	裝潢志（外三種）	〔明〕	周嘉胄 等
038	致富奇書	〔明〕	陳繼儒
039	節序同風録	〔清〕	孔尚任
040	金農集	〔清〕	金　農
041	快雨堂題跋	〔清〕	王文治
042	書林清話（上）	〔清〕	葉德輝
043	書林清話（下）	〔清〕	葉德輝
044	草堂之靈（上）		楊　鈞
045	草堂之靈（下）		楊　鈞